絕對合格

一掃就懂真意！
練音感＋雙語三步解題

必背必出

聽→說→讀→寫 大滿貫

閱讀

吉松由美・田中陽子・西村惠子・林勝田・
山田社日檢題庫小組 ◉ 合著

N4

前言 Preface

> 用對方法,碎片時間也能一戰合格!
> 捷運上、咖啡店、等紅燈的五分鐘……再碎的時間,也能變成黃金備考時光。特別設計成輕巧 25 開便攜本,平均 3 分鐘完成一題,搭配朗讀 QR 碼,讓您在任何空檔都能「聽力+閱讀一併提升」,穩穩打通閱讀力任督二脈!

開迷你攻略本 × 通勤族首選!

本書採用 25 開輕巧開本設計,方便放入口袋、包包,搭捷運、等車、喝咖啡時都能展開學習。只要幾分鐘就能完成一題練習,讓您真正把「空檔時間」變成「實力累積時間」。

長文朗讀音檔 × 聽讀同步訓練!

您是否常常看懂了,卻聽不懂?
或是朗讀時節奏對不上,沒語感?
別擔心,本書特別提供「朗讀 QR 碼音檔」,每回閱讀練習都搭配原聲朗讀,掃 QR 碼即聽,讓您一邊閱讀一邊訓練耳朵,養成語感 × 理解力同步提升。

六回完整模擬 × 題型還原 100%

本書內含 6 回全真模擬測驗,不僅形式、排版、題型與難度皆與實際考試高度一致,更搭配【關鍵文法提示】【關鍵字標記】等輔助設計,幫助您提前熟悉出題模式與閱讀節奏,避免考場因陌生感而慌亂。

所有模擬考題皆附「金牌教師詳細題解」！

每一回題目皆搭配日文原文解析＋中文重點解說，逐題拆解文法句型、語意邏輯與出題意圖，讓您不只是知道正解，更知道為什麼錯、錯在哪？

專業設計 × 高效解題 3 步驟

不會抓重點？選項都差不多？

只要掌握本書的【黃金 3 步驟解題法】，您就能化繁為簡：

1. 關鍵字定位術：教您快速在文章中找出與選項對應的語句。
2. 文法結構拆解術：拆解複雜句子，釐清句意與主從關係。
3. 選項排除法：掌握常見誤選陷阱，有效刪去干擾選項。

搭配每回模擬題的三層級解析（基礎提示 → 進階解構 → 出題意圖），不只是練題，更是升級您的閱讀思維與日檢邏輯。

文法急救包 × 單字補強系統

閱讀看不懂，很多時候是因為文法或詞彙的薄弱所致。因此本書每回模擬題後都設計了：

- N4 核心單字補充
- 高頻文法解析
- 同級文法對照說明（比較相似但不同的文法用法）

這些內容不僅補足知識盲區，也幫助您在閱讀中學會實際運用。

趣味專欄 × 文化補給站

考日檢不只是為了考試，更是了解日本生活的起點。每回模擬題後，我們特別設計【日本文化小知識】單元，內容涵蓋：

- 垃圾分類的規則
- 租屋看病須知

- 常見節慶與日語禮儀

搭配插畫與實用例句，讓您像看雜誌一樣輕鬆吸收語言與文化，邊讀邊笑，知識自然入腦。

N4 黃金三角學習組合

為了讓閱讀學習效果最大化，建議搭配本系列的：

- 《人類史上最強自學法 絕對合格 全攻略 新制日檢 N4 必背必出文法》
- 《絕對合格 全攻略！新制日檢 N4 必背必出單字》
- 《絕對合格 全攻略！新制日檢 N4 必背必出聽力》

打造完整閱讀 × 文法 × 單字 × 聽力資料庫，備考效率大躍進！

五大實力保證

- ✓ 100% 擬真　　題型 × 難度 × 範圍 全面對應新制
- ✓ 100% 有效　　雙語解題 × 關鍵字技巧快速上手
- ✓ 100% 便利　　隨身攜帶，碎片時間高效活用
- ✓ 100% 趣味　　文化專欄 × 插畫輕鬆吸收
- ✓ 100% 支援　　完整錄音檔與 QR 碼電子資源隨掃即用

不是您沒時間，是您還沒找到對的方法！

走到哪，學到哪，合格不再遙遠。

現在就入手《聽說讀寫大滿貫 新制日檢 N4 必背必出閱讀》，讓您的每一天都成為備考黃金日，翻開就是成績進步的起點！

新「日本語能力測驗」概要 …………………………… 6

Part 1 讀解對策 …………………………………………… 16

Part 2 N4言語知識・讀解 模擬試題 ……………………… 23

| 第一回 模擬試題 /24 | 第二回 模擬試題 /32 | 第三回 模擬試題 /40 |
| 第四回 模擬試題 /48 | 第五回 模擬試題 /56 | 第六回 模擬試題 /64 |

Part 3 N4言語知識・讀解 翻譯與題解 …………………… 72

| 第一回 翻譯與題解 /72 | 第二回 翻譯與題解 /101 | 第三回 翻譯與題解 /127 |
| 第四回 翻譯與題解 /154 | 第五回 翻譯與題解 /183 | 第六回 翻譯與題解 /212 |

JLPT

一、什麼是新日本語能力試驗呢

1. 新制「日語能力測驗」

從2010年起實施的新制「日語能力測驗」（以下簡稱為新制測驗）。

1－1　實施對象與目的

　　新制測驗與舊制測驗相同，原則上，實施對象為非以日語作為母語者。其目的在於，為廣泛階層的學習與使用日語者舉行測驗，以及認證其日語能力。

1－2　改制的重點
改制的重點有以下四項：

1　測驗解決各種問題所需的語言溝通能力
新制測驗重視的是結合日語的相關知識，以及實際活用的日語能力。因此，擬針對以下兩項舉行測驗：一是文字、語彙、文法這三項語言知識；二是活用這些語言知識解決各種溝通問題的能力。

2　由四個級數增為五個級數
新制測驗由舊制測驗的四個級數（1級、2級、3級、4級），增加為五個級數（N1、N2、N3、N4、N5）。新制測驗與舊制測驗的級數對照，如下所示。最大的不同是在舊制測驗的2級與3級之間，新增了N3級數。

N1	難易度比舊制測驗的1級稍難。合格基準與舊制測驗幾乎相同。
N2	難易度與舊制測驗的2級幾乎相同。
N3	難易度介於舊制測驗的2級與3級之間。（新增）
N4	難易度與舊制測驗的3級幾乎相同。
N5	難易度與舊制測驗的4級幾乎相同。

＊「N」代表「Nihongo（日語）」以及「New（新的）」。

3　施行「得分等化」

由於在不同時期實施的測驗，其試題均不相同，無論如何慎重出題，每次測驗的難易度總會有或多或少的差異。因此在新制測驗中，導入「等化」的計分方式後，便能將不同時期的測驗分數，於共同量尺上相互比較。因此，無論是在什麼時候接受測驗，只要是相同級數的測驗，其得分均可予以比較。目前全球幾種主要的語言測驗，均廣泛採用這種「得分等化」的計分方式。

4　提供「日本語能力試驗Can-do自我評量表」（簡稱JLPT Can-do）

為了瞭解通過各級數測驗者的實際日語能力，新制測驗經過調查後，提供「日本語能力試驗Can-do自我評量表」。該表列載通過測驗認證者的實際日語能力範例。希望通過測驗認證者本人以及其他人，皆可藉由該表格，更加具體明瞭測驗成績代表的意義。

1－3　所謂「解決各種問題所需的語言溝通能力」

　　我們在生活中會面對各式各樣的「問題」。例如，「看著地圖前往目的地」或是「讀著說明書使用電器用品」等等。種種問題有時需要語言的協助，有時候不需要。

　　為了順利完成需要語言協助的問題，我們必須具備「語言知識」，例如文字、發音、語彙的相關知識、組合語詞成為文章段落的文法知識、判斷串連文句的順序以便清楚說明的知識等等。此外，亦必須能配合當前的問題，擁有實際運用自己所具備的語言知識的能力。

　　舉個例子，我們來想一想關於「聽了氣象預報以後，得知東京明天的天氣」這個課題。想要「知道東京明天的天氣」，必須具備以下的知識：「晴れ（晴天）、くもり（陰天）、雨（雨天）」等代表天氣的語彙；「東京は明日は晴れでしょう（東京明日應是晴天）」的文句結構；還有，也要知道氣象預報的播報順序等。除此以外，尚須能從播報的各地氣象中，分辨出哪一則是東京的天氣。

　　如上所述的「運用包含文字、語彙、文法的語言知識做語言溝通，進而具備解決各種問題所需的語言溝通能力」，在新制測驗中稱為「解決各種問題所需的語言溝通能力」。

新制測驗將「解決各種問題所需的語言溝通能力」分成以下「語言知識」、「讀解」、「聽解」等三個項目做測驗。

語言知識	各種問題所需之日語的文字、語彙、文法的相關知識。
讀　解	運用語言知識以理解文字內容，具備解決各種問題所需的能力。
聽　解	運用語言知識以理解口語內容，具備解決各種問題所需的能力。

作答方式與舊制測驗相同，將多重選項的答案劃記於答案卡上。此外，並沒有直接測驗口語或書寫能力的科目。

2. 認證基準

新制測驗共分為N1、N2、N3、N4、N5五個級數。最容易的級數為N5，最困難的級數為N1。

與舊制測驗最大的不同，在於由四個級數增加為五個級數。以往有許多通過3級認證者常抱怨「遲遲無法取得2級認證」。為因應這種情況，於舊制測驗的2級與3級之間，新增了N3級數。

新制測驗級數的認證基準，如表1的「讀」與「聽」的語言動作所示。該表雖未明載，但應試者也必須具備為表現各語言動作所需的語言知識。

N4與N2主要是測驗應試者在教室習得的基礎日語的理解程度；N1與N2是測驗應試者於現實生活的廣泛情境下，對日語理解程度；至於新增的N3，則是介於N1與N2，以及N4與N5之間的「過渡」級數。關於各級數的「讀」與「聽」的具體題材（內容），請參照表1。

■ 表1 新「日語能力測驗」認證基準

級數	認證基準
	各級數的認證基準,如以下【讀】與【聽】的語言動作所示。各級數亦必須具備為表現各語言動作所需的語言知識。
N1	能理解在廣泛情境下所使用的日語 【讀】・可閱讀話題廣泛的報紙社論與評論等論述性較複雜及較抽象的文章,且能理解其文章結構與內容。 ・可閱讀各種話題內容較具深度的讀物,且能理解其脈絡及詳細的表達意涵。 【聽】・在廣泛情境下,可聽懂常速且連貫的對話、新聞報導及講課,且能充分理解話題走向、內容、人物關係、以及說話內容的論述結構等,並確實掌握其大意。
N2	除日常生活所使用的日語之外,也能大致理解較廣泛情境下的日語 【讀】・可看懂報紙與雜誌所刊載的各類報導、解說、簡易評論等主旨明確的文章。 ・可閱讀一般話題的讀物,並能理解其脈絡及表達意涵。 【聽】・除日常生活情境外,在大部分的情境下,可聽懂接近常速且連貫的對話與新聞報導,亦能理解其話題走向、內容、以及人物關係,並可掌握其大意。
N3	能大致理解日常生活所使用的日語 【讀】・可看懂與日常生活相關的具體內容的文章。 ・可由報紙標題等,掌握概要的資訊。 ・於日常生活情境下接觸難度稍高的文章,經換個方式敘述,即可理解其大意。 【聽】・在日常生活情境下,面對稍微接近常速且連貫的對話,經彙整談話的具體內容與人物關係等資訊後,即可大致理解。
N4	能理解基礎日語 【讀】・可看懂以基本語彙及漢字描述的貼近日常生活相關話題的文章。 【聽】・可大致聽懂速度較慢的日常會話。
N5	能大致理解基礎日語 【讀】・可看懂以平假名、片假名或一般日常生活使用的基本漢字所書寫的固定詞句、短文、以及文章。 【聽】・在課堂上或周遭等日常生活中常接觸的情境下,如為速度較慢的簡短對話,可從中聽取必要資訊。

困難＊ ↑　＊容易 ↓

＊N1最難,N5最簡單。

3. 測驗科目

新制測驗的測驗科目與測驗時間如表2所示。

■ 表2　測驗科目與測驗時間＊①

級數	測驗科目（測驗時間）			
N1	語言知識（文字、語彙、文法）、讀解 （110分）		聽解 （60分）	→ 測驗科目為「語言知識（文字、語彙、文法）、讀解」；以及「聽解」共2科目。
N2	語言知識（文字、語彙、文法）、讀解 （105分）		聽解 （50分）	→
N3	語言知識 （文字、語彙） （30分）	語言知識 （文法）、讀解 （70分）	聽解 （40分）	→ 測驗科目為「語言知識（文字、語彙）」；「語言知識（文法）、讀解」；以及「聽解」共3科目。
N4	語言知識 （文字、語彙） （30分）	語言知識 （文法）、讀解 （60分）	聽解 （35分）	→
N5	語言知識 （文字、語彙） （25分）	語言知識 （文法）、讀解 （50分）	聽解 （30分）	→

N1與N2的測驗科目為「語言知識（文字、語彙、文法）、讀解」以及「聽解」共2科目；N3、N4、N5的測驗科目為「語言知識（文字、語彙）」、「語言知識（文法）、讀解」、「聽解」共3科目。

由於N3、N4、N5的試題中，包含較少的漢字、語彙、以及文法項目，因此當與N1、N2測驗相同的「語言知識（文字、語彙、文法）、讀解」科目時，有時會使某幾道試題成為其他題目的提示。為避免這個情況，因此將「語言知識（文字、語彙、文法）、讀解」，分成「語言知識（文字、語彙）」和「語言知識（文法）、讀解」施測。

＊①：聽解因測驗試題的錄音長度不同，致使測驗時間會有些許差異。

4. 測驗成績

4－1　量尺得分

　　舊制測驗的得分，答對的題數以「原始得分」呈現；相對的，新制測驗的得分以「量尺得分」呈現。

　　「量尺得分」是經過「等化」轉換後所得的分數。以下，本手冊將新制測驗的「量尺得分」，簡稱為「得分」。

4－2　測驗成績的呈現

　　新制測驗的測驗成績，如表3的計分科目所示。N1、N2、N3的計分科目分為「語言知識（文字、語彙、文法）」、「讀解」、以及「聽解」3項；N4、N5的計分科目分為「語言知識（文字、語彙、文法）、讀解」以及「聽解」2項。

　　會將N4、N5的「語言知識（文字、語彙、文法）」和「讀解」合併成一項，是因為在學習日語的基礎階段，「語言知識」與「讀解」方面的重疊性高，所以將「語言知識」與「讀解」合併計分，比較符合學習者於該階段的日語能力特徵。

■ 表3　各級數的計分科目及得分範圍

級數	計分科目	得分範圍
N1	語言知識（文字、語彙、文法）	0～60
	讀解	0～60
	聽解	0～60
	總分	0～180
N2	語言知識（文字、語彙、文法）	0～60
	讀解	0～60
	聽解	0～60
	總分	0～180

N3	語言知識（文字、語彙、文法）	0～60
	讀解	0～60
	聽解	0～60
	總分	0～180
N4	語言知識（文字、語彙、文法）、讀解	0～120
	聽解	0～60
	總分	0～180
N5	語言知識（文字、語彙、文法）、讀解	0～120
	聽解	0～60
	總分	0～180

　　各級數的得分範圍，如表3所示。N1、N2、N3的「語言知識（文字、語彙、文法）」、「讀解」、「聽解」的得分範圍各為0～60分，三項合計的總分範圍是0～180分。「語言知識（文字、語彙、文法）」、「讀解」、「聽解」各占總分的比例是1：1：1。

　　N4、N5的「語言知識（文字、語彙、文法）、讀解」的得分範圍為0～120分，「聽解」的得分範圍為0～60分，二項合計的總分範圍是0～180分。「語言知識（文字、語彙、文法）、讀解」與「聽解」各占總分的比例是2：1。還有，「語言知識（文字、語彙、文法）、讀解」的得分，不能拆解成「語言知識（文字、語彙、文法）」與「讀解」二項。

　　除此之外，在所有的級數中，「聽解」均占總分的三分之一，較舊制測驗的四分之一為高。

4－3　合格基準

　　舊制測驗是以總分作為合格基準；相對的，新制測驗是以總分與分項成績的門檻二者作為合格基準。所謂的門檻，是指各分項成績至少必須高於該分數。假如有一科分項成績未達門檻，無論總分有多高，都不合格。

新制測驗設定各分項成績門檻的目的，在於綜合評定學習者的日語能力，須符合以下二項條件才能判定為合格：①總分達合格分數（＝通過標準）以上；②各分項成績達各分項合格分數（＝通過門檻）以上。如有一科分項成績未達門檻，無論總分多高，也會判定為不合格。

N1～N3及N4、N5之分項成績有所不同，各級總分通過標準及各分項成績通過門檻如下所示：

級數	總分		分項成績					
			言語知識（文字・語彙・文法）		讀解		聽解	
	得分範圍	通過標準	得分範圍	通過門檻	得分範圍	通過門檻	得分範圍	通過門檻
N1	0～180分	100分	0～60分	19分	0～60分	19分	0～60分	19分
N2	0～180分	90分	0～60分	19分	0～60分	19分	0～60分	19分
N3	0～180分	95分	0～60分	19分	0～60分	19分	0～60分	19分

級數	總分		分項成績			
			言語知識（文字・語彙・文法）・讀解		聽解	
	得分範圍	通過標準	得分範圍	通過門檻	得分範圍	通過門檻
N4	0～180分	90分	0～120分	38分	0～60分	19分
N5	0～180分	80分	0～120分	38分	0～60分	19分

※上列通過標準自2010年第1回(7月)【N4、N5為2010年第2回(12月)】起適用。

缺考其中任一測驗科目者，即判定為不合格。寄發「合否結果通知書」時，含已應考之測驗科目在內，成績均不計分亦不告知。

4-4 測驗結果通知

依級數判定是否合格後，寄發「合否結果通知書」予應試者；合格者同時寄發「日本語能力認定書」。

■ N1, N2, N3

得点区分別得点 Scores by Scoring Section		総合得点 Total Score
言語知識(文字・語彙・文法) Language Knowledge(Vocabulary/Grammar)	読解 Reading	聴解 Listening	
50/60	30/60	40/60	120/180

↓

参考情報 Reference Information	
文字・語彙 Vocabulary	文法 Grammar
A	B

■ N4, N5

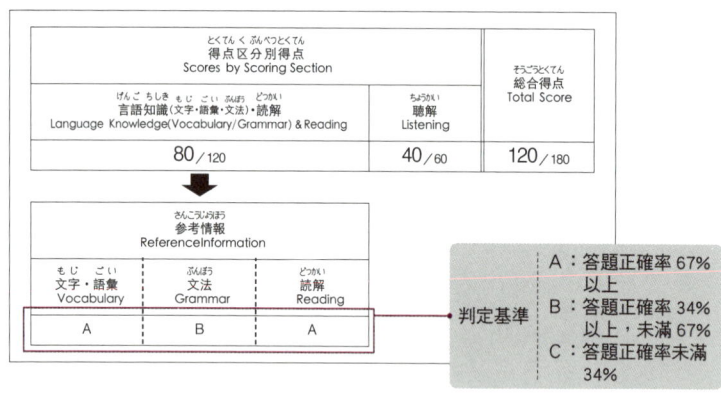

※ 各節測驗如有一節缺考就不予計分，即判定為不合格。雖會寄發「合否結果通知書」但所有分項成績，含已出席科目在內，均不予計分。各欄成績以「＊」表示，如「＊＊/60」。
※ 所有科目皆缺席者，不寄發「合否結果通知書」。

14

N4 題型分析

測驗科目 (測驗時間)			試題內容		
			題型	小題 題數*	分析
語言知識 (30分)	文字、語彙	1	漢字讀音 ◇	9	測驗漢字語彙的讀音。
		2	假名漢字寫法 ◇	6	測驗平假名語彙的漢字寫法。
		3	選擇文脈語彙 ○	10	測驗根據文脈選擇適切語彙。
		4	替換類義詞 ○	5	測驗根據試題的語彙或說法,選擇類義詞或類義說法。
		5	語彙用法 ○	5	測驗試題的語彙在文句裡的用法。
語言知識、讀解 (60分)	文法	1	文句的文法1 (文法形式判斷) ○	15	測驗辨別哪種文法形式符合文句內容。
		2	文句的文法2 (文句組構) ◆	5	測驗是否能夠組織文法正確且文義通順的句子。
		3	文章段落的文法 ◆	5	測驗辨別該文句有無符合文脈。
	讀解*	4	理解內容 (短文) ○	4	於讀完包含學習、生活、工作相關話題或情境等,約100~200字左右的撰寫平易的文章段落之後,測驗是否能夠理解其內容。
		5	理解內容 (中文) ○	4	於讀完包含以日常話題或情境為題材等,約450字左右的簡易撰寫文章段落之後,測驗是否能夠理解其內容。
		6	釐整資訊 ◆	2	測驗是否能夠從介紹或通知等,約400字左右的撰寫資訊題材中,找出所需的訊息。
聽解 (35分)		1	理解問題 ◇	8	於聽取完整的會話段落之後,測驗是否能夠理解其內容(於聽完解決問題所需的具體訊息之後,測驗是否能夠理解應當採取的下一個適切步驟)。
		2	理解重點 ◇	7	於聽取完整的會話段落之後,測驗是否能夠理解其內容(依據剛才已聽過的提示,測驗是否能夠抓住應當聽取的重點)。
		3	適切話語 ◆	5	於一面看圖示,一面聽取情境說明時,測驗是否能夠選擇適切的話語。
		4	即時應答 ◆	8	於聽完簡短的詢問之後,測驗是否能夠選擇適切的應答。

＊「小題題數」為每次測驗的約略題數,與實際測驗時的題數可能未盡相同。此外,亦有可能會變更小題題數。

＊有時在「讀解」科目中,同一段文章可能會有數道小題。

＊符號標示:「◆」舊制測驗沒有出現過的嶄新題型;「◇」沿襲舊制測驗的題型,但是更動部分形式;「○」與舊制測驗一樣的題型。

資料來源:《日本語能力試驗JLPT官方網站:分項成績・合格判定・合否結果通知》。
2016年1月11日,取自:http://www.jlpt.jp/tw/guideline/results.html

N4 Part1 讀解對策

閱讀的目標是，從各種題材中，得到自己要的訊息。因此，新制考試的閱讀考點就是「從什麼題材」和「得到什麼訊息」這兩點。

❶ 解題重點

問題 4

閱讀經過改寫後的約 100～200 字的短篇文章，測驗是否能夠理解文章內容。以生活、工作、學習及書信、電子郵件等為主題的簡單文章。預估有 4 題。

閱讀的目標是，從各種題材中，得到自己要的訊息。因此，新制考試的閱讀考點就是「從什麼題材」和「得到什麼訊息」這兩點。

形式が 6 問

N4 言語知識・讀解
第 1 回　もんだい 4　模擬試題

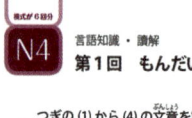

つぎの (1) から (4) の文章を読んで、質問に答えてください。答えは、1・2・3・4から、いちばんいいものを一つえらんでください。

(1)
会社の周さんの机の上に、次のメモが置いてあります。

> 周さん
> 　2時ごろ、伊東さんから電話がありました。外からかけているので、また、後でかけるということです。こちらから、携帯電話にかけましょうか、と聞いたら、会議中なので、そうしないほうがよいということでした。
> 　1時間くらい後に、またかかってくると思います。
> 　　　　　　　　　　　　　　　　　　　　　　相葉

[26] 周さんは、どうすればよいですか。
1　伊東さんの携帯に電話します。
2　伊東さんの会社に電話します。
3　伊東さんから電話がかかってくるのを待ちます。
4　1時間くらい後に伊東さんに電話します。

24

提問一般用「～は、どうすればいいですか」（～該怎麼做好呢？）、「～についてわかることは何ですか」（有關～可以知道的有哪些？）的表達方式。也會出現同一個意思，改用不同詞彙的作答方式。還有提問與內容不符的選項，也常出現？要小心應答。考試時建議先看提問及選項，再看文章。

16

問題 5 閱讀約 450 字的中篇文章，測驗是否能夠理解文章的內容。以日常生活話題或情境所改寫的簡單文章。預估有 4 題。

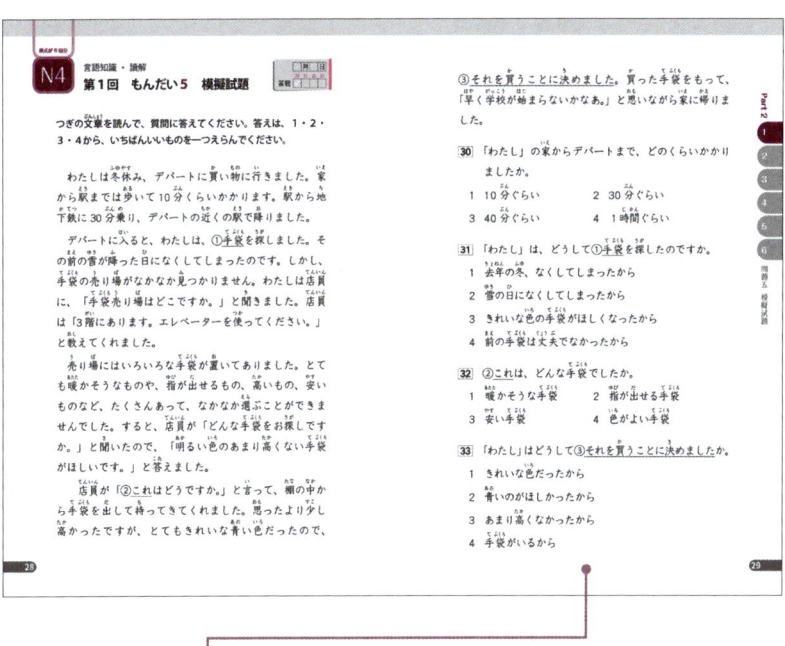

考試時建議先看提問及選項，再看文章。

提問一般用，造成某結果的理由「～はどうして～か」、文章中的某詞彙的意思「～とは、何ですか」、作者的想法或文章內容「作者はどうして～ですか」的表達方式。這樣，解題關鍵就在掌握文章結構「開頭是主題、中間說明主題、最後是結論」了。

還有，選擇錯誤選項的「正しくないものどれですか」也偶而會出現，要仔細看清提問喔！

問題 6 閱讀經過改寫後的約 400 字的簡介、通知、傳單等資料中，測驗能否從其中找出需要的訊息。預估有 2 題。

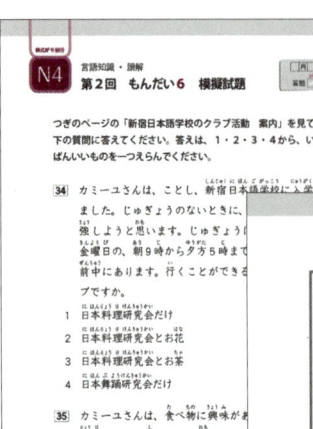

表格等文章一看很難，但只要掌握原則就容易了。首先看清提問的條件，接下來快速找出符合該條件的內容在哪裡。最後，注意有無提示「例外」的地方。

不需要每個細項都閱讀。平常可以多看日本報章雜誌上的廣告、傳單及手冊，進行模擬練習。

❷ 本書使用說明

Part 2 試題

可根據言語知識、讀解的 60 分鐘測驗時間，扣除文法部分，為自己分配限制讀解試題的作答時間。

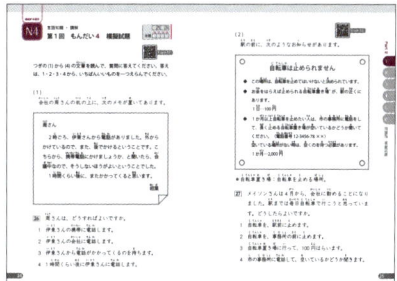

Part 3 解題

試試看再答一次，接著搭配單字、文法解析，並對照翻譯，檢視自己對文章意思的理解度，最後按日中解題說明，一步一步透徹解析問題。

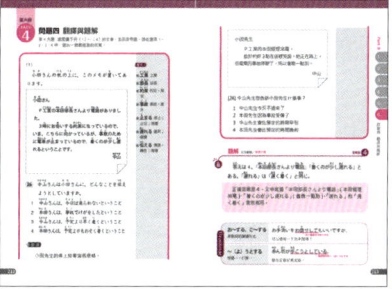

題目與翻譯

- 日文題目
- 文中出現的單字
- 題目中譯

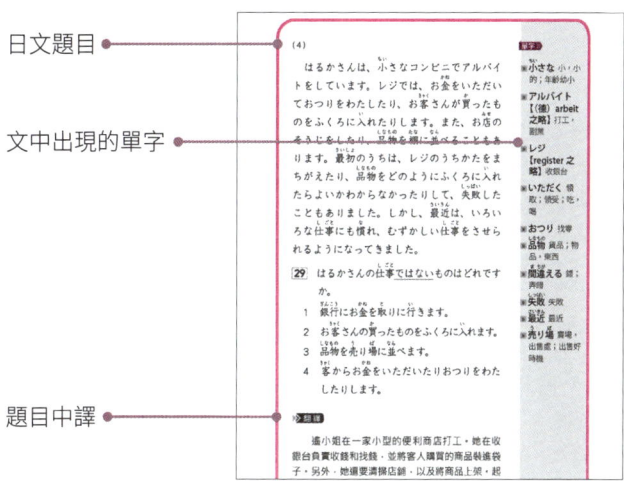

解題與文法

日、中文解題

其他選項解析

文法＋接續

題解 日文解題／解題中譯

答案是 1

6 答えは1。本文に「銀行に行く」という言葉はない。
《他の選択肢》
2「お客さんが買ったものをふくろに入れたり」とある。
3「品物を棚に並べたり」とある。
4「お金をいただいておつりをわたしたり」とある。

正確答案是1，文中沒有寫「銀行に行く」(去銀行)。
《其他選項》
2 文中提到「お客さんが買ったものをふくろに入れたり」(將客人購買的商品裝袋)。
3 文中提到「品物を棚に並べたり」(將商品上架)。
4 文中提到「お金をいただいておつりをわたしたり」(收錢和找錢)。

Grammar

(さ)せられる 被迫做…	若い二人は、両親に別れさせられた。 動詞使役形＋（さ）せられる 兩位年輕人被父母強迫分開。
～ようになる 變得…了	練習して、この曲はだいたい弾けるようになった。 動詞可能形＋ようになる 練習後，這首曲子大致會彈了。

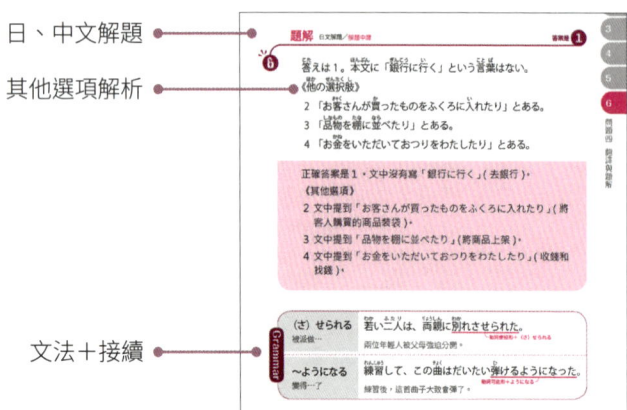

專欄

每一回合補充小專欄讓您新增、複習所學的字彙，內容包括主題單字、文法比一比。

各種主題單字

比一比相似、易混淆的文法，增加文法記憶點，讓學習更完整，解題更精準。

主題單字

疾病與治療

熱	高溫；發燒	お見舞い	探望
インフルエンザ【influenza】	流行性感冒	具合	狀況；方便
怪我	受傷；損失	治る	治癒，痊愈
花粉症	花粉症	退院	出院
倒れる	倒下；垮台；死亡	ヘルパー【helper】	幫傭；看護

■なければならない vs. べきだ

なければならない／必須…，應該…
說明 表示從社會常識或事情的性質來看，有義務要那樣做。「なければ」的口語縮約形是「なきゃ」。
例句 寮には夜11時までに帰らなきゃ。／得在晚上11點以前回到宿舍才行！

べきだ／必須…，應該…
說明 表示那樣做是應該的、正確的。是一種比較客觀的判斷，書面跟口語都可以用。
例句 弱い者をいじめるのは、やめるべきだ。／欺負弱小是不應該的行為。

平平是「應該」，含意大不同
「なければならない」是指基於規則或當時的情況，而必須那樣做；「べきだ」則是指身為人應該遵守的原則，常用在勸告或命令對方有義務那樣做。

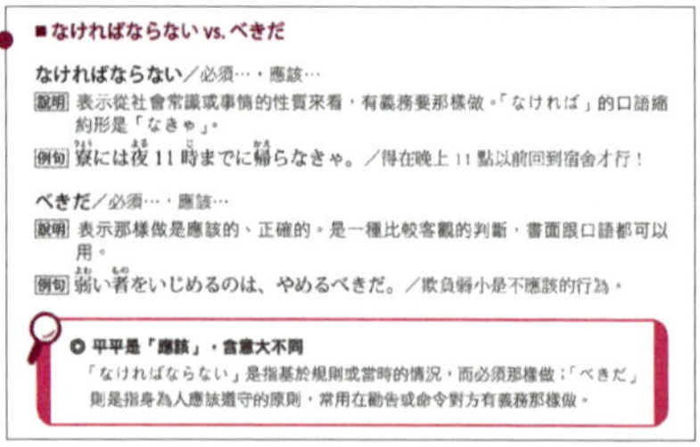

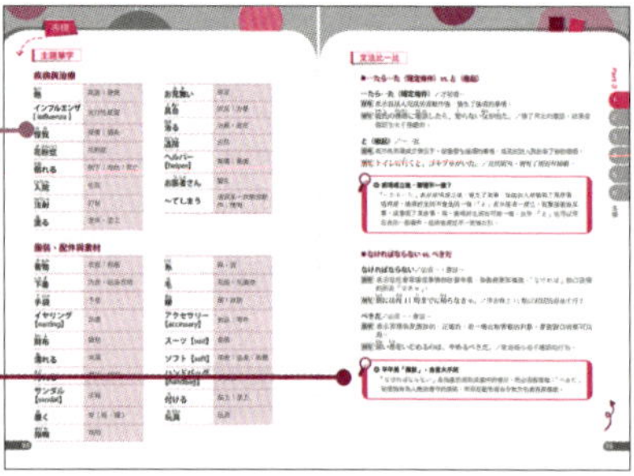

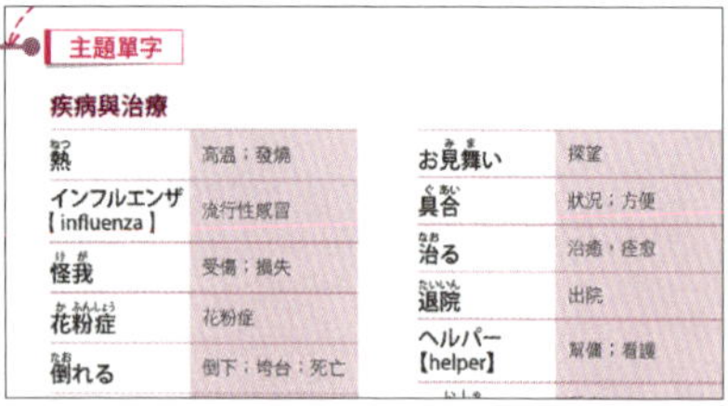

小知識：使用法の比較

相似文法間的錯綜複雜關係，直接用**圖解**＋**說明**＋**練習**方式，幫您一一破解，讓您不浪費時間在考題前糾結其中差異，讓文法從「複雜」變成「直覺」記憶。

圖解 ●
說明 ●
練習 ●

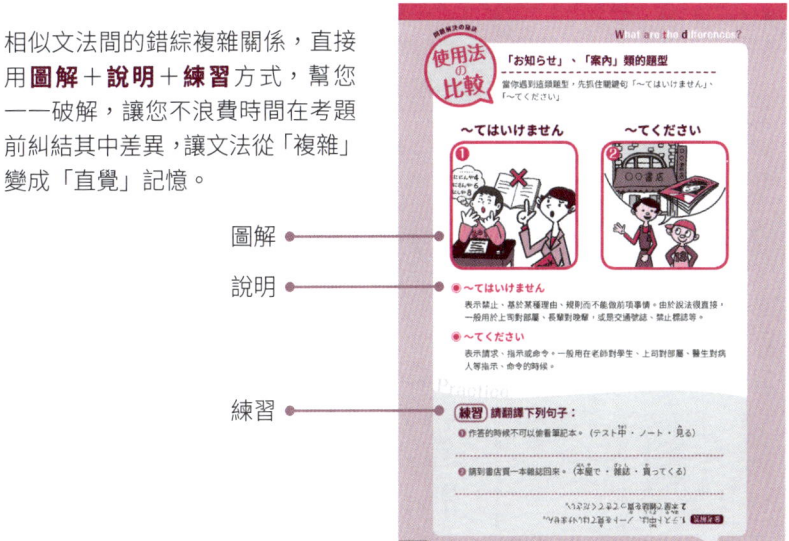

小知識：暮らしと文化

掌握日本最新生活資訊，感受日本獨有的品味和文化，除了開闊國際觀，更能提升閱讀日文章的敏銳度，加快答題速度。

日本實用生活資訊與文化 ●
常用相關會話 ●

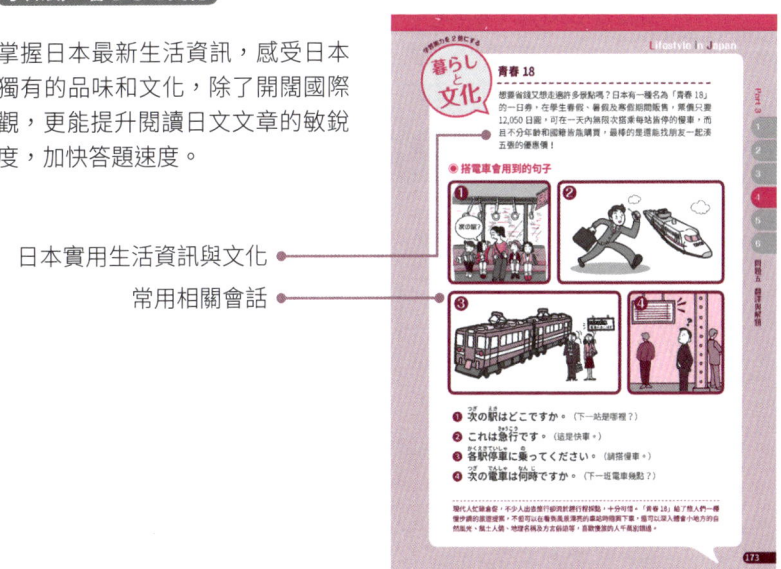

JLPT・Reading
日本語能力試驗 試題開始

測驗前,請模擬演練,參考試前說明。讀解範圍是第 4 到第 6 大題。

60 分鐘測驗時間,請記得扣除文法的部分再控制安排!

解答用紙

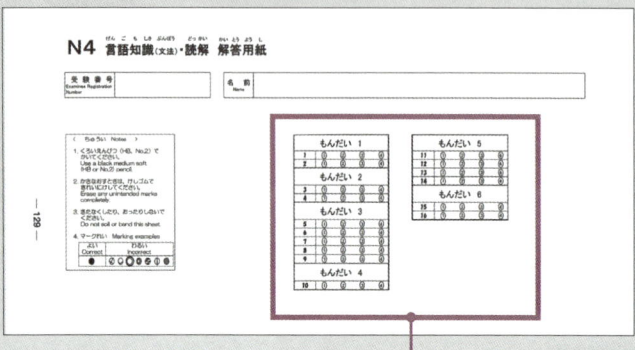

Language knowledge (grammar) • Reading

もんだいようし
問題用紙

N4

げんごちしき ぶんぽう どっかい
言語知識（文法）・讀解

（60ぷん）

ちゅうい
注　意
Notes

1. しけん はじ　　　　　　　　もんだいようし あ
 試験が始まるまで、この問題用紙を開けないでください。
 Do not open this question booklet until the test begins.

2. もんだいようし　も　かえ
 この問題用紙を持って帰ることはできません。
 Do not take this question booklet with you after the test.

3. じゅけんばんごう なまえ した らん じゅけんひょう おな か
 受験番号と名前を下の欄に、受験票と同じように書いてください。
 Write your examinee registration number and name clearly in each box below as written on your test voucher.

4. もんだいようし ぜんぶ
 この問題用紙は、全部で＿＿＿ページあります。
 This question booklet has __ pages.

5. もんだい かいとうばんごう　　　　　　　　　　　　　　　　　　　かいとう
 問題には解答番号の 1 、 2 、 2 ...があります。解答は、
 かいとうようし おな ばんごう
 解答用紙にある同じ番号のところにマークしてください。
 One of the row numbers 1 , 2 , 3 ...is given for each question. Mark your answer in the same row of the answer sheet.

じゅけんばんごう
受験番号　Examinee Registration Number

な　まえ
名 前　Name

 言語知識・讀解
第1回　もんだい4　模擬試題

つぎの(1)から(4)の文章を読んで、質問に答えてください。答えは、1・2・3・4から、いちばんいいものを一つえらんでください。

(1)
会社の周さんの机の上に、次のメモが置いてあります。

周さん

　2時ごろ、伊東さんから電話がありました。外からかけているので、また、後でかけるということです。こちらから、携帯電話にかけましょうか、と聞いたら、会議中なので、そうしないほうがよいということでした。
　1時間くらい後に、またかかってくると思います。

相葉

26　周さんは、どうすればよいですか。

1　伊東さんの携帯に電話します。
2　伊東さんの会社に電話します。
3　伊東さんから電話がかかってくるのを待ちます。
4　1時間くらい後に伊東さんに電話します。

24

(2)
駅の前に、次のようなお知らせがあります。

自転車は止められません

- ◆ この場所は、自転車を止めてはいけないと決められています。
- ◆ お金をはらえば止められる自転車置き場*が、駅の近くにあります。
  1日…100円
- ◆ 1か月以上自転車を止めたい人は、市の事務所に電話をして、長く止める自転車置き場が空いているかどうか聞いてください。（電話番号 12-3456-78××）
  空いている場所がない時は、空くのを待つ必要があります。
  1か月…2,000円

＊自転車置き場：自転車を止める場所。

27　メイソンさんは4月から、会社に勤めることになりました。駅までは毎日自転車で行こうと思っています。どうしたらよいですか。

1　自転車を、駅前に止めます。
2　自転車を、事務所の前に止めます。
3　自転車置き場に行って、100円はらいます。
4　市の事務所に電話して、空いているかどうか聞きます。

(3)

ソさんに、友だちから、次のようなメールが来ました。

ソさん

　今夜のメイさんの送別会ですが、井上先生が急に病気になったので、出席できないそうです。かわりに高田先生がいらっしゃるということですので、お店の予約人数は同じです。

　メイさんにわたすプレゼントを、わすれないように、持ってきてください。よろしくお願いします。

坂田

28　ソさんは、何をしますか。
1　お店の予約を、一人少なくします。
2　お店の予約を、一人多くします。
3　井上先生に、お見舞いの電話をかけます。
4　プレゼントを持って、送別会に行きます。

(4)

石川さんは、看護師の仕事をしています。朝は、入院している人に一人ずつ体の具合を聞いたり、おふろに入れない人の体をきれいにしてあげたりします。そのあと、お医者さんのおこなう注射などの準備もします。ごはんの時間には、食事の手伝いもします。しなければならないことがとても多いので、一日中たいへんいそがしいです。

29 石川さんの仕事ではないものはどれですか。
1 入院している人に体の具合を聞くこと
2 おふろに入れない人の体をきれいにしてあげること
3 入院している人の食事をつくること
4 お医者さんのおこなう注射の準備をすること

N4 言語知識・讀解
第1回　もんだい5　模擬試題

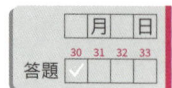

つぎの文章を読んで、質問に答えてください。答えは、1・2・3・4から、いちばんいいものを一つえらんでください。

　わたしは冬休み、デパートに買い物に行きました。家から駅までは歩いて10分くらいかかります。駅から地下鉄に30分乗り、デパートの近くの駅で降りました。

　デパートに入ると、わたしは、①手袋を探しました。その前の雪が降った日になくしてしまったのです。しかし、手袋の売り場がなかなか見つかりません。わたしは店員に、「手袋売り場はどこですか。」と聞きました。店員は「3階にあります。エレベーターを使ってください。」と教えてくれました。

　売り場にはいろいろな手袋が置いてありました。とても暖かそうなものや、指が出せるもの、高いもの、安いものなど、たくさんあって、なかなか選ぶことができませんでした。すると、店員が「どんな手袋をお探しですか。」と聞いたので、「明るい色のあまり高くない手袋がほしいです。」と答えました。

　店員が「②これはどうですか。」と言って、棚の中から手袋を出して持ってきてくれました。思ったより少し高かったですが、とてもきれいな青い色だったので、③そ

れを買うことに決めました。買った手袋をもって、「早く学校が始まらないかなあ。」と思いながら家に帰りました。

30 「わたし」の家からデパートまで、どのくらいかかりましたか。
1　10分ぐらい　　　　2　30分ぐらい
3　40分ぐらい　　　　4　1時間ぐらい

31 「わたし」は、どうして①手袋を探したのですか。
1　去年の冬、なくしてしまったから
2　雪の日になくしてしまったから
3　きれいな色の手袋がほしくなったから
4　前の手袋は丈夫でなかったから

32 ②これは、どんな手袋でしたか。
1　暖かそうな手袋　　2　指が出せる手袋
3　安い手袋　　　　　4　色がよい手袋

33 「わたし」はどうして③それを買うことに決めましたか。
1　きれいな色だったから
2　青いのがほしかったから
3　あまり高くなかったから
4　手袋がいるから

言語知識・讀解

第1回　もんだい6　模擬試題

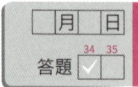

右のページの「やまだ区立図書館　利用案内」を見て、下の質問に答えてください。答えは、1・2・3・4から、いちばんいいものを一つえらんでください。

34 ワンさんは、やまだ区に住んでいます。友だちのイさんは、そのとなりのおうじ区に住んでいます。二人とも、やまだ区にある学校に通っています。やまだ区立図書館は、だれが利用できますか。

1　ワンさんとイさんの二人とも利用できる。
2　ワンさんだけ利用できる。
3　イさんだけ利用できる。
4　どちらも利用できない。

35 今野さんは、やまだ区立図書館の利用者カードを作りました。1月4日にやまだ区立図書館に行くと、読みたい本が2冊と、見たいDVDが2点ありました。今野さんは、このうち、何と何を借りることができますか。

1　本2冊とDVD2点
2　本1冊とDVD2点
3　本2冊とDVD1点
4　どれも借りることができない

やまだ区立図書館　利用案内

1. 時間　午前9時～午後9時

2. 休み　○ 月曜日
　　　　　○ 年末年始　12月29日～1月3日
　　　　　○ 本の整理日　毎月の最後の金曜日

3. 利用のしかた
　　○ 利用できる人　・やまだ区に住んでいる人
　　　　　　　　　　・やまだ区にある学校・会社などに通っている人

4. 利用者カード…本を借りるためには、利用者カードが必要です。
　　○ カードを作るためには、次のものを持ってきてください。
　　・住所がわかるもの（けんこうほけん証など）。または、勤め先や学校の住所がわかるもの（学生証など）。

5. 本を借りるためのきまり

借りるもの	借りられる数	期間	注意
本	合わせて6冊	2週間	新しい雑誌は借りられません。
雑誌			
CD	合わせて3点（そのうちDVDは1点まで）		
DVD			

言語知識・讀解

第2回　もんだい4　模擬試題

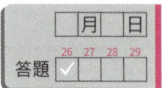

つぎの (1) から (4) の文章を読んで、質問に答えてください。答えは、1・2・3・4から、いちばんいいものを一つえらんでください。

(1)
吉田先生の机の上に、学生が書いた手紙があります。

吉田先生

　お借りしていたテキストを、お返しします。昨日、本屋さんに行ったら、ちょうど同じテキストを売っていたので買ってきました。
　国の母が遊びにきて、おみやげにお菓子をたくさんくれたので、少し置いていきます。めしあがってみてください。

パク・イェジン

---

26 パクさんが置いていったものは何ですか。

1　借りていたテキストと本
2　きのう買ったテキストとおみやげのお菓子
3　借りていたテキストとおみやげのお菓子
4　きのう買ったお菓子と本

（2）
やまだ病院の入り口に、次の案内がはってありました。

お休みの案内

やまだ病院

- 8月11日（金）から16日（水）までお休みです。
- 急に病気になった人は、市の「休日診療所*」に行ってください。
- 「休日診療所」の受付時間は、10時から11時半までと、13時から21時半までです。
- 「休日診療所」へ行くときは、かならず電話をしてから行ってください。（電話番号 12-3456-78××）

＊休日診療所：お休みの日にみてくれる病院。

27 8月11日の午後7時ごろ、急におなかがいたくなりました。いつもは、やまだ病院に行っています。どうすればいいですか。

1 休日診療所に電話する。
2 朝になってから、やまだ病院に行く。
3 すぐに、やまだ病院に行く。
4 次の日の10時に、休日診療所へ行く。

(3)
　これは、ミジンさんとサラさんに、友だちの理沙さんから届いたメールです。

　たのまれていた3月3日のコンサートのチケットですが、三人分予約ができました。再来週、チケットが送られてきたら、学校でわたします。お金は、そのときでいいです。

　ミジンさんは、コンサートのときにあげる花を、花屋さんにたのんでおいてね。

理沙

---

28 理沙さんは、チケットをどうしますか。
1　すぐに二人にわたして、お金をもらいます。
2　再来週二人にわたして、そのときにお金をもらいます。
3　チケットを二人に送って、お金はあとでもらいます。
4　チケットを二人にわたして、もらったお金で花を買います。

(4)

コンさんは、引っ越したいと思って、会社の近くのK駅の周りで部屋をさがしました。しかし、初めに見た部屋は押入れがなく、2番目の部屋はせま過ぎ、3番目はかりるためのお金が予定より高かったので、やめました。

|29| コンさんがかりるのをやめた理由ではないものはどれですか。

1 押入れがなかったから
2 部屋がせまかったから
3 会社から遠かったから
4 予定より高かったから

N4 言語知識・讀解
第2回　もんだい5　模擬試題

つぎの文章を読んで、質問に答えてください。答えは、1・2・3・4から、いちばんいいものを一つえらんでください。

　公園を散歩しているとき、木の下に何か茶色のものが落ちているのを見つけました。拾ってみると、それは、①小さなかばんでした。あけてみると、立派な黒い財布と白いハンカチ、それと空港で買ったらしい東京の地図が入っていました。地図には町やたてものの名前などが英語で書いてあります。私は、「このかばんを落とした人は、たぶん外国からきた旅行者だ。きっと、困っているだろう。すぐに警察にとどけよう。」と考えました。私は公園から歩いて3分ほどのところに交番があることを思い出して、交番に向かいました。

　交番で、警官に「公園でこれを拾いました。」と言うと、太った警官は「中に何が入っているか、調べましょう。」と言って、かばんをあけました。

　②ちょうどその時、「ワタシ、カバン、ナクシマシタ。」と言いながら、外国人の男の人が走って交番に入ってきました。

　かばんは、その人のものでした。③その人は何度も私にお礼を言って、かばんを持って交番を出て行きました。

30 「私」はその日、どこで何をしていましたか。
1 会社で働いていました。
2 空港で買い物をしていました。
3 木の下で昼寝をしていました。
4 公園を散歩していました。

31 ①小さなかばんに入っていたものでないのはどれですか。
1 外国の町の地図
2 黒い財布
3 東京の地図
4 白いハンカチ

32 ②ちょうどその時とありますが、どんな時ですか。
1 「私」が交番に入った時
2 外国人の男の人が交番に入ってきた時
3 警官がかばんをあけている時
4 「私」がかばんをひろった時

33 ③その人は、「私」にどういうことを言いましたか。
1 あなたのかばんではなかったのですか。
2 私のかばんだということがよくわかりましたね。
3 かばんをあけてくれて、ありがとう!
4 かばんをとどけてくれて、ありがとう!

N4 言語知識・讀解

第2回　もんだい6　模擬試題

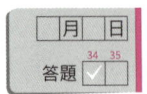

つぎのページの「新宿日本語学校のクラブ活動　案内」を見て、下の質問に答えてください。答えは、1・2・3・4から、いちばんいいものを一つえらんでください。

34 カミーユさんは、ことし、新宿日本語学校に入学しました。じゅぎょうのないときに、日本の文化を勉強しようと思います。じゅぎょうは、月・火・水・金曜日の、朝9時から夕方5時までと、木曜日の午前中にあります。行くことができるのは、どのクラブですか。

1　日本料理研究会だけ
2　日本料理研究会とお花
3　日本料理研究会とお茶
4　日本舞踊研究会だけ

35 カミーユさんは、食べ物に興味があるので、日本の料理について知りたいと思っています。いつ、どこに行ってみるのがよいですか。

1　土曜の午後4時半に、調理室
2　月曜か金曜の午後4時に、和室
3　水曜か土曜の午後3時に、講堂
4　土曜の午後6時に、調理室

新宿日本語学校のクラブ活動　案内

●日本文化に興味のある方は、練習時間に、行ってみてください。

クラブ	説明	曜日・時間	場所
日本料理研究会	和食*のよさについて研究しています。毎週、先生に来ていただいて、和食の作り方を教えてもらいます。作ったあと、みんなで食べます。	土 16:30〜18:00	調理室*
お茶	お茶の先生をおよびして、日本のお茶を習います。おいしいお菓子も食べられます。楽しみながら、日本の文化を学べますよ。	木 12:30〜15:00	和室*
お花	いけ花*のクラブです。花をいけるだけでなく、生活の中で花を楽しめるようにしています。	月・金 16:00〜17:00	和室
日本舞踊*研究会	着物をきて、おどりをおどってみませんか。先生をよんで、日本のおどりを教えてもらいます。	水・土 15:00〜18:00	講堂

*和食：日本の食べ物や料理
*調理室：料理をする教室
*和室：日本のたたみの部屋
*いけ花：日本の花のかざりかた
*日本舞踊：日本の着物を着ておどる日本のおどり

N4 言語知識・讀解

第3回　もんだい4　模擬試題

つぎの(1)から(4)の文章を読んで、質問に答えてください。答えは、1・2・3・4から、いちばんいいものを一つえらんでください。

(1)
会社のさとう課長の机の上に、この手紙が置かれています。

さとう課長

　H産業の大竹さんから、お電話がありました。さきに送ってもらった請求書＊にまちがいがあるので、もう一度作りなおして送ってほしいとのことです。
　もどられたら、こちらから電話をかけてください。

　　　　　　　　　　　　　　　　　　　ワン

＊請求書：売った品物のお金を書いた紙。

26　さとう課長は、まず、どうしたらいいですか。

1　もう一度請求書を作ります。
2　大竹さんに電話します。
3　大竹さんの電話を待ちます。
4　ワンさんに電話します。

(2)
コンサート会場に、次の案内がはってありました。

コンサートをきくときのご注意

◆ 席についたら、携帯電話などはお切りください。
◆ 会場内で、次のことをしてはいけません。
　▷カメラ・ビデオカメラなどで会場内を写すこと。
　▷音楽を録音*すること。
　▷自分の席をはなれて歩き回ったり、椅子の上に立ったりすること。

---

*録音：音楽などをテープなどにとること。

27 この案内から、コンサート会場についてわかることは何ですか。

1 携帯電話は、持って入ってはいけないということ。
2 あいていれば席は自由に変わっていいということ。
3 写真をとるのは、かまわないということ。
4 ビデオカメラを使うのは、だめだということ。

(3)
　ホーさんに、香川先生から次のようなメールが来ました。

ホーさん

　明日の授業は、テキストの55ページからですが、新しく入ってきたグエンさんのテキストがまだ来ていません。
　すみませんが、55〜60ページをコピーして、グエンさんに渡しておいてください。

香川

28　ホーさんは、どうすればいいですか。
　1　55〜60ページのコピーを香川先生にとどけます。
　2　55〜60ページのコピーをしてグエンさんに渡します。
　3　55ページのコピーをして、みんなに渡します。
　4　新しいテキストをグエンさんに渡します。

(4)

シンさんは、J旅行会社で働いています。お客からいろいろな話を聞いて、その人に合う旅行の計画を紹介します。また、電車や飛行機、ホテルなどが空いているかを調べ、切符をとったり予約をしたりします。

29 シンさんの仕事ではないものはどれですか。

1 旅行に一緒に行って案内します。
2 お客に合う旅行を紹介します。
3 飛行機の席が空いているか調べます。
4 ホテルを予約します。

N4 言語知識・讀解

第3回　もんだい5　模擬試題

つぎの文章を読んで、質問に答えてください。答えは、1・2・3・4から、いちばんいいものを一つえらんでください。

　わたしが家から駅に向かって歩いていると、交差点の前で困ったように立っている男の人がいました。わたしは「何かわからないことがあるのですか。」とたずねました。すると彼は「僕はこの町にはじめて来たのですが、道がわからないので、①困っていたところです。映画館はどちらにありますか。」と言います。

　わたしは「②ここは、駅の北側ですが、③映画館は、ここと反対の南側にありますよ。」と答えました。彼は「そうですか。そこまでどれくらいかかりますか。」と聞きます。わたしが「それほど遠くはありませんよ。ここから駅までは歩いて5分くらいです。そこから映画館までは、だいたい3分くらいで着きます。映画館の近くには大きなスーパーやレストランなどもありますよ。」と言うと、彼は「ありがとう。よくわかりました。お礼に④これを差し上げます。ぼくが仕事で作ったものです。」と言って、1冊の本をかばんから出し、わたしにくれました。見ると、それは、隣の町を紹介した雑誌でした。

　わたしは「ありがとう。」と言ってそれをもらい、電車

の中でその雑誌を読もうと思いながら駅に向かいました。

30 なぜ彼は①困っていたのですか。
1 映画館への道がわからなかったから
2 交差点をわたっていいかどうか、わからなかったから
3 スーパーやレストランがどこにあるか、わからなかったから
4 だれにきいても道を教えてくれなかったから

31 ②ここはどこですか。
1 駅の南側で、駅まで歩いて5分のところ
2 駅の北側で、駅まで歩いて3分のところ
3 駅の北側で、駅まで歩いて5分のところ
4 駅の南側で、駅まで歩いて8分のところ

32 ③映画館は駅から歩いて何分ぐらいですか。
1 5分　　　　　　　　2 3分
3 8分　　　　　　　　4 16分

33 ④これとは、何でしたか。
1 映画館までの地図
2 映画館の近くの地図
3 隣の町を紹介した雑誌
4 スーパーやレストランの紹介

N4 言語知識・讀解

第3回　もんだい6　模擬試題

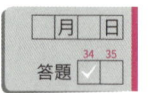

つぎのページの「△△町のごみの出し方について」というお知らせを見て、下の質問に答えてください。答えは、1・2・3・4から、いちばんいいものを一つえらんでください。

34 △△町に住むダニエルさんは、日曜日に、友だちとパーティーをしました。料理で出た生ごみをなるべく早くだすには、何曜日に出せばよいですか。

1　月曜日
2　火曜日
3　木曜日
4　金曜日

35 ダニエルさんは、料理で使ったラップと、古い本をすてたいと思っています。どのようにしたら、よいですか。

1　ラップは水曜日に出し、本は市に電話して取りにきてもらう。
2　ラップも本も金曜日に出す。
3　ラップは月曜日に出し、本は金曜日に出す。
4　ラップは火曜日に出し、本は金曜日に出す。

△△町のごみの出し方について

△△町のごみは、次の日に集めにきます。ごみを下の例のように分けて、それぞれ決まった時間・場所に出してください。

【集めにくる日】

曜日	ごみのしゅるい
月曜	燃えるごみ
火曜	プラスチック
水曜 (第1・第3のみ)	燃えないごみ
木曜	燃えるごみ
金曜	古紙*・古着* 第1・第3…あきびん・かん 第2・第4…ペットボトル

○集める日の朝8時までに、出してください。

【ごみの分け方の例】

たとえば、左側の例のごみは、右側のごみの日に出します。

ごみの例	どのごみの日に出すか
料理で出た生ごみ	燃えるごみ
本・服	古紙・古着
割れたお皿やコップなど	燃えないごみ
ラップ	プラスチック

*古紙:古い新聞紙など。
*古着:古くなって着られなくなった服。

N4 言語知識・讀解

第4回　もんだい4　模擬試題

Track 19

つぎの(1)から(4)の文章を読んで、質問に答えてください。答えは、1・2・3・4から、いちばんいいものを一つえらんでください。

(1)
研究室のカンさんのつくえの上に、次の手紙が置かれています。

カンさん

　先週、いなかに帰ったら、おみやげにりんごジャムを持っていくようにと、母に言われました。母が作ったそうです。カンさんとシュウさんにさしあげて、と言っていました。研究室の冷蔵庫に入れておいたので、持って帰ってください。

高橋

26　カンさんは、どうしますか。

1　いなかで買ったおかしを持って帰ります。
2　冷蔵庫のりんごジャムを、持って帰ります。
3　冷蔵庫のりんごをシュウさんにわたします。
4　冷蔵庫のりんごを持って帰ります。

(2)
動物園の入り口に、次の案内がはってありました。

動物園からのご案内

◆ 動物がおどろきますので、音や光の出るカメラで写真を撮らないでください。
◆ 動物に食べ物をやらないでください。
◆ ごみは家に持って帰ってください。
◆ 犬やねこなどのペットを連れて、動物園の中に入ることはできません。
◆ ボール、野球の道具などを持って入ることはできません。

27 この案内から、動物園についてわかることは何ですか。

1 音や光が出ないカメラなら写真をとってもよい。
2 ごみは、決まったごみ箱にすてなければならない。
3 のこったおべんとうを、動物に食べさせてもよい。
4 ペットの小さい犬といっしょに入ってもよい。

(3)

これは、田中課長からチャンさんに届いたメールです。

チャンさん

　S貿易の社長さんが、3日の午後1時に来られます。応接間が空いているかどうか調べて、空いていなかったら会議室を用意しておいてください。うちの会社からは、山田部長とわたしが出席することになっています。チャンさんも出席して、最近の会社の仕事について説明できるように準備しておいてください。

　　　　　　　　　　　　　　　　　　　　　　　田中

---

[28] チャンさんは、最近の会社の仕事について書いたものを用意しようと思っています。何人分、用意すればよいですか。

1　二人分
2　三人分
3　四人分
4　五人分

(4)

　山田さんは大学生になったので、アルバイトを始めました。スーパーのレジの仕事です。なれないので、レジを打つのがほかの人より遅いため、いつもお客さんに叱られます。

[29] 山田さんがお客さんに言われるのは、たとえばどういうことですか。

1 「なれないので、たいへんね。」
2 「いつもありがとう。」
3 「早くしてよ。遅いわよ。」
4 「間違えないようにしなさい。」

N4 言語知識・讀解

第4回　もんだい5　模擬試題

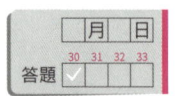

Track 23

つぎの文章を読んで、質問に答えてください。答えは、1・2・3・4から、いちばんいいものを一つえらんでください。

　私は電車の中から窓の外の景色を見るのがとても好きです。ですから、勤めに行くときも家に帰るときも、電車ではいつも椅子に座らず、①立って景色を見ています。

　すると、いろいろなものを見ることができます。学校で元気に遊んでいる子どもたちが見えます。駅の近くの八百屋で、買い物をしている女の人も見えます。晴れた日には、遠くのたてものや山も見えます。

　②ある冬の日、わたしは会社の仕事で遠くに出かけました。知らない町の電車に乗って、いつものように窓から外の景色を見ていたわたしは、「あっ！」と③大きな声を出してしまいました。富士山が見えたからです。周りの人たちは、みんなわたしの声に驚いたように外を見ました。8歳ぐらいの女の子が「ああ、富士山だ。」とうれしそうに大きな声で言いました。青く晴れた空の向こうに、真っ白い富士山がはっきり見えました。とてもきれいです。

　駅に近くなると、富士山は見えなくなりましたが、その日は、一日中、何かいいことがあったようなうれしい気分でした。

30 「わたし」が、電車の中で①立っているのはなぜですか。

1 人がいっぱいで椅子に座ることができないから
2 立っている方が、窓の外の景色がよく見えるから
3 座っていると、富士山が見えないから
4 若い人は、電車の中では立っているのが普通だから

31 ②ある冬の日、「わたし」は何をしていましたか。

1 いつもの電車に乗り、立って外の景色を見ていました。
2 会社の用で出かけ、知らない町の電車に乗っていました。
3 会社の帰りに遠くに出かけ、電車に乗っていました。
4 いつもの電車の椅子に座って、外を見ていました。

32 「わたし」が、③大きな声を出したのはなぜですか。

1 女の子の大きな声に驚いたから
2 電車の中の人たちがみんな外を見たから
3 富士山が急に見えなくなったから
4 窓から富士山が見えたから

33 富士山を見た日、「わたし」はどのような気分で過ごしましたか。

1 いいことがあったような気分で過ごしました。
2 とても残念な気分で過ごしました。
3 少しさびしい気分で過ごしました。
4 これからも頑張ろうという気分で過ごしました。

N4 言語知識・讀解

第4回　もんだい6　模擬試題

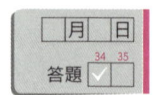

Track 24

つぎのページの「東京ランド　料金表」という案内を見て、下の質問に答えてください。答えは、1・2・3・4から、いちばんいいものを一つえらんでください。

34 中村さんは、日曜日の午後から、むすこで小学3年生（8歳）のあきらくんを、「東京ランド」へつれていくことになりました。中に入るときに、お金は二人でいくらかかりますか。

1　500円
2　700円
3　1000円
4　2200円

35 あきらくんは、「子ども特急」と「子どもジェットコースター」に乗りたいと言っています。かかるお金を一番安くしたいとき、どのようにけんを買うのがよいですか。（乗り物には、あきらくんだけで乗ります。）

1　大人と子どもの「フリーパスけん」を、1まいずつ買う。
2　子どもの「フリーパスけん」を、1まいだけ買う。
3　回数けんを、一つ買う。
4　普通けんを、6まい買う。

東京ランド　料金表

〔入園料〕…中に入るときに必要なお金です。

入園料	
大人（中学生以上）	500円
子ども（5さい以上、小学6年生以下）・65さい以上の人	200円
（4さい以下のお子さまは、お金はいりません。）	

〔乗り物けん*〕…乗り物に乗るときに必要なお金です。

◆フリーパスけん（一日中、どの乗り物にも何回でも乗れます。）

大人（中学生以上）	1200円
子ども（5さい以上、小学6年生以下）	1000円
（4さい以下のお子さまは、お金はいりません。）	

◆普通けん（乗り物に乗るときに必要な数だけ出してください。）

普通けん	1まい	50円
回数けん（普通けん11まいのセット）	11まい	500円

・乗り物に乗るときに必要な普通けんの数

乗り物	必要な乗り物けんの数
メリーゴーランド	2まい
子ども特急	2まい
人形の船	2まい
コーヒーカップ	1まい
子どもジェットコースター	4まい

○ たくさんの乗り物を楽しみたい人は、「フリーパスけん」がべんりです。

○ 少しだけ乗り物に乗りたい人は、「普通けん」を、必要な数だけお買いください。

*けん：きっぷのようなもの。

N4 言語知識・讀解
第5回　もんだい4　模擬試題

つぎの(1)から(4)の文章を読んで、質問に答えてください。答えは、1・2・3・4から、いちばんいいものを一つえらんでください。

(1)
これは、大西さんからパトリックさんに届いたメールです。

パトリックさん

　大西です。いい季節ですね。
　わたしの携帯電話のメールアドレスが、今日の夕方から変わります。すみませんが、わたしのアドレスを新しいのに直しておいてくださいませんか。携帯電話の電話番号やパソコンのメールアドレスは変わりません。よろしくお願いします。

---

26 パトリックさんは、何をしたらよいですか。
1　大西さんの携帯電話のメールアドレスを新しいのに変えます。
2　大西さんの携帯電話の電話番号を新しいのに変えます。
3　大西さんのパソコンのメールアドレスを新しいのに変えます。
4　大西さんのメールアドレスを消してしまいます。

(2)
カンさんが住んでいる東町のごみ置き場に、次のような連絡がはってあります。

ごみ集めについて

○ 12月31日（火）から1月3日（金）までは、ごみは集めにきませんので、出さないでください。

○ 上の日以外は、決められた曜日に集めにきます。

◆ 東町のごみ集めは、次の曜日に決められています。

燃えるごみ（生ごみ・台所のごみや紙くずなど）…火・土

プラスチック（プラスチックマークがついているもの）…水

びん・かん…月

---

27 カンさんは、正月の間に出た生ごみと飲み物のびんを、なるべく早く出したいと思っています。いつ出せばよいですか。

1　生ごみ・びんの両方とも、12月30日に出します。
2　生ごみ・びんの両方とも、1月4日に出します。
3　生ごみは1月4日に、びんは1月6日に出します。
4　生ごみは1月11日に、びんは1月6日に出します。

(3)

テーブルの上に、母からのメモと紙に包んだ荷物が置いてあります。

ゆいちゃんへ

お母さんは仕事があるので、これから大学に行きます。

すみませんが、この荷物を湯川さんにおとどけしてください。

湯川さんは高田馬場の駅前に3時にとりにきてくれます。赤い服を着ているそうです。湯川さんの携帯番号は、123-4567-89××です。

母より

---

28 ゆいさんは、何をしますか。

1　3時に、赤い服を着て大学に仕事をしにいきます。
2　3時に、赤い服を着て大学に荷物をとりにいきます。
3　3時に、高田馬場の駅前に荷物を持っていきます。
4　3時に、高田馬場の駅前に荷物をとりにいきます。

(4)

日本には、お正月に年賀状*を出すという習慣がありますが、最近、年賀状のかわりにパソコンでメールを送るという人が増えているそうです。メールなら一度に何人もの人に同じ文で送ることができるので簡単だからということです。

しかし、お正月にたくさんの人からいろいろな年賀状をいただくのは、とてもうれしいことなので、年賀状の習慣がなくなるのは残念です。

*年賀状：お正月のあいさつを書いたはがき

29 年賀状のかわりにメールを送るようになったのは、なぜだと言っていますか。

1 メールは年賀はがきより安いから。
2 年賀状をもらってもうれしくないから。
3 一度に大勢の人に送ることができて簡単だから。
4 パソコンを使う人がふえたから。

N4 言語知識・讀解
第5回　もんだい5　模擬試題

つぎの文章を読んで、質問に答えてください。答えは、1・2・3・4から、いちばんいいものを一つえらんでください。

　その日は、10時30分から会議の予定がありましたので、わたしはいつもより早く家を出て駅に向かいました。
　もうすぐ駅に着くというときに、歩道に①時計が落ちているのを見つけました。とても高そうな立派な時計です。人に踏まれそうになっていたので、ひろって駅前の交番に届けにいきました。おまわりさんに、時計が落ちていた場所を聞かれたり、わたしの住所や名前を紙に書かされたりしました。
　②遅くなったので、会社の近くの駅から会社まで走っていきましたが、③会社に着いた時には、会議が始まる時間を10分も過ぎていました。急いで部長の部屋に行き、遅れた理由を言ってあやまりました。部長は「そんな場合は、遅れることをまず、会社に連絡しろと言っただろう。なぜそうしなかったのだ。」と怒りました。わたしが「すみません。急いでいたので、連絡するのを忘れてしまいました。これから気をつけます。」と言うと、部長は「よし、わかった。今後気をつけなさい。」とおっしゃって、温かいコーヒーをわたしてくださいました。そして、「会議は11時から始めるから、それまで、少

し休みなさい。」とおっしゃったので、自分の席で温かいコーヒーを飲みました。

[30] ①時計について、正しくないものはどれですか。
1 ねだんが高そうな立派な時計だった。
2 人に踏まれそうになっていた。
3 歩道に落ちていた。
4 会社の近くの駅のそばに落ちていた。

[31] ②遅くなったのは、なぜですか。
1 交番でいろいろ聞かれたり書かされたりしたから
2 時計をひろって、遠くの交番に届けに行ったから
3 会社の近くの駅から会社までゆっくり歩き過ぎたから
4 いつもより家を出るのがおそかったから

[32] ③会社に着いた時は何時でしたか。
1 10時半　　　　　2 10時40分
3 10時10分　　　4 11時

[33] 部長は、どんなことを怒ったのですか。
1 会議の時間に10分も遅れたこと
2 つまらない理由で遅れたこと
3 遅れることを連絡しなかったこと
4 うそをついたこと

N4 言語知識・讀解
第5回　もんだい6　模擬試題

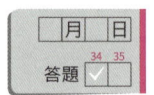

つぎのページの、「地震のときのための注意」という、△△市が出している案内を見て、下の質問に答えてください。答えは、1・2・3・4から、いちばんいいものを一つえらんでください。

34 松田さんは、地震がおきる前に準備しておこうと考えて、「地震のときに持って出る荷物」をつくることにしました。荷物の中に、何を入れたらよいですか。

1　3日分の食べ物と消火器
2　スリッパと靴
3　3日分の食べ物と服、かい中でんとう、薬
4　ラジオとテレビ

35 地震でゆれはじめたとき、松田さんは、まず、どうするといいですか。

1　つくえなどの下で、ゆれるのが終わるのをまつ。
2　つけている火をけして、外ににげる。
3　たおれそうな棚を手でおさえる。
4　ラジオで地震についてのニュースを聞く。

地震のときのための注意

△△市ぼうさい課*

○ 地震がおきる前に、いつも考えておくことは？

	5つの注意	やること
1	テレビやパソコンなどがおちてこないように、おく場所を考えよう。	・本棚などは、たおれないように、道具でとめる。
2	われたガラスなどで、けがをしないようにしよう。	・スリッパや靴を部屋においておく。
3	火が出たときのための、準備をしておこう。	・消火器*のある場所を覚えておく。
4	地震のときに持って出る荷物をつくり、おく場所を決めておこう。	・3日分の食べ物、服、かい中でんとう*、薬などを用意する。
5	家族や友だちとれんらくする方法を決めておこう。	・市や町で決められている場所を知っておく。

○ 地震がおきたときは、どうするか？

1	まず、自分の体の安全を考える！ ・つくえなどの下に入って、ゆれるのが終わるのをまつ。
2	地震の起きたときに、すること ① 火を使っているときは、火をけす。 ② たおれた棚やわれたガラスに注意する。 ③ まどや戸をあけて、にげるための道をつくる。 ④ 家の外に出たら、上から落ちてくるものに注意する。 ⑤ ラジオやテレビなどで、ニュースを聞く。

＊ぼうさい課：地震などがおきたときの世話をする人たち。
＊消火器：火を消すための道具。
＊かい中でんとう：持って歩ける小さな電気。電池でつく。

N4 言語知識・讀解

第6回　もんだい4　模擬試題

Track 31

つぎの(1)から(4)の文章を読んで、質問に答えてください。答えは、1・2・3・4から、いちばんいいものを一つえらんでください。

(1)
小田さんの机の上に、このメモが置いてあります。

小田さん

　　Ｐ工業の本田部長さんより電話がありました。
　3時にお会いする約束になっているので、いま、こちらに向かっているが、事故のために電車が止まっているので、着くのが少し遅れるということです。

中山

26　中山さんは小田さんに、どんなことを伝えようとしていますか。

1　中山さんは、今日は来られないということ
2　本田さんは、事故でけがをしたということ
3　中山さんは、予定より早く着くということ
4　本田さんは、予定よりもおそく着くということ

(2)

スーパーのエスカレーターの前に、次の注意が書いてあります。

エスカレーターに乗るときの注意

◆ 黄色い線の内側に立って乗ってください。
◆ エスカレーターの手すり*を持って乗ってください。
◆ 小さい子どもは、真ん中に乗せてください。
◆ ゴムの靴をはいている人は、とくに注意してください。
◆ 顔や手をエスカレーターの外に出して乗ると、たいへん危険です。決して、しないようにしてください。

---

*手すり：エスカレーターについている、手で持つところ

[27] この注意から、エスカレーターについてわかることは何ですか。

1 黄色い線より内がわに立つと、あぶないということ
2 ゴムのくつをはいて乗ってはいけないということ
3 エスカレーターから顔を出すのは、あぶないということ
4 子どもを真ん中に乗せるのは、あぶないということ

(3)
これは、大学に行っているふみやくんにお母さんから届いたメールです。

ふみや

千葉のおじさんから、家に電話がありました。おじいさんの具合が悪くなったので、急に入院することになったそうです。
おじさんはいま、病院にいます。
千葉市の海岸病院の8階に、なるべく早く来てほしいということです。
わたしもこれからすぐに病院に行きます。

母

---

28 ふみやくんは、どうすればよいですか。
1 すぐに、一人でおじさんの家に行きます。
2 おじさんに電話して、二人で病院に行きます。
3 すぐに、一人で海岸病院に行きます。
4 お母さんに電話して、いっしょに海岸病院に行きます。

(4)

　はるかさんは、小さなコンビニでアルバイトをしています。レジでは、お金をいただいておつりをわたしたり、お客さんが買ったものをふくろに入れたりします。また、お店のそうじをしたり、品物を棚に並べることもあります。最初のうちは、レジのうちかたをまちがえたり、品物をどのようにふくろに入れたらよいかわからなかったりして、失敗したこともありました。しかし、最近は、いろいろな仕事にも慣れ、むずかしい仕事をさせられるようになってきました。

29 はるかさんの仕事ではないものはどれですか。
1　銀行にお金を取りに行きます。
2　お客さんの買ったものをふくろに入れます。
3　品物を売り場に並べます。
4　客からお金をいただいたりおつりをわたしたりします。

N4 言語知識・讀解

第6回　もんだい5　模擬試題

Track 35

つぎの文章を読んで、質問に答えてください。答えは、1・2・3・4から、いちばんいいものを一つえらんでください。

　僕は①字を読むことが趣味です。朝は、食事をしたあと、紅茶を飲みながら新聞を読みますし、夜もベッドの中で本や雑誌を読むのが習慣です。中でも、僕が一番好きなのは小説を読むことです。

　最近、②おもしろい小説を読みました。貿易会社に勤めている男の人が、自分の家を出て会社に向かうときのことを書いた話です。その人は、僕と同じ、普通の市民です。しかし、その人が会社に向かうまでの間に、いろいろなことが起こります。動物園までの道を聞かれて案内したり、落ちていた指輪を拾って交番に届けたり、男の子と会って遊んだりします。そんなことをしているうちに、夕方になってしまいました。そこで、その人はとうとう会社に行かずに、そのまま家に帰ってきてしまうというお話です。

　僕は「③こんな生活も楽しいだろうな」と思い、妻にこの小説のことを話しました。すると、彼女は「そうね。でも、④小説はやはり小説よ。ほんとうにそんなことをしたら会社を辞めさせられてしまうわ。」と言いました。僕は、なるほど、そうかもしれない、と思いました。

30 ①字を読むことの中で、「僕」が一番好きなのはどんなことですか。
1 新聞を読むこと
2 まんがを読むこと
3 雑誌を読むこと
4 小説を読むこと

31 ②おもしろい小説は、どんな時のことを書いた小説ですか。
1 男の人が、自分の家を出て会社に向かう間のこと
2 男の人が、ある人を動物園に案内するまでのこと
3 男の人が、出会った男の子と遊んだ時のこと
4 男の人が会社で働いている時のこと

32 ③こんな生活とは、どんな生活ですか。
1 会社で遊んでいられる生活
2 一日中外で遊んでいられる生活
3 時間や決まりを守らないでいい生活
4 夕方早く、会社から家に帰れる生活

33 ④小説はやはり小説とは、どのようなことですか。
1 まんがのようにたのしいということ
2 小説の中でしかできないということ
3 小説の中ではできないということ
4 小説は読む方がよいということ

N4 言語知識・讀解

第6回　もんだい6　模擬試題

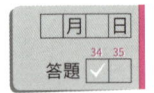

Track 36

つぎのページの「Melon カードの買い方」という駅の案内を見て、下の質問に答えてください。答えは、1・2・3・4から、いちばんいいものを一つえらんでください。

34　「Melon カード」は、どんなカードですか。

1　銀行で、お金をおろすときに使うカード
2　さいふをあけなくても、買い物ができるカード
3　タッチするだけで、どこのバスにでも乗れるカード
4　毎回、きっぷを買わなくても電車に乗れるカード

35　ヤンさんのお母さんが、日本に遊びにきました。町を見物するために1,000円の「Melon カード」を買おうと思います。駅にある機械で買う場合、最初にどうしますか。

1　機械にお金を1,000円入れる。
2　「きっぷを買う」をえらぶ。
3　「Melonを買う」をえらぶ。
4　「チャージ」をえらぶ。

Melonカードの買い方

1. 「Melonカード」は、さきにお金をはらって（チャージして）おくと、毎回、電車のきっぷを買う必要がないという、便利なカードです。
2. 改札*を入るときと出るとき、かいさつ機にさわる（タッチする）だけで、きっぷを買わなくても、電車に乗ることができます。
3. 「Melonカード」は、駅にある機械か、駅の窓口*で、買うことができます。
4. はじめて機械で「Melonカード」を買うには、次のようにします。

① 「Melonを買う」を　⇒　② 「新しく『Melonカード』
　　えらぶ。　　　　　　　 を買う」をえらぶ。

Melonを買う	チャージ
きっぷを買う	定期券を買う

「My Melon」を買う
チャージ
新しく「Melonカード」を買う

③ 何円分買うかをえらぶ。　⇒　④ お金を入れる。

1,000円	2,000円
3,000円	5,000円

⑤ 「Melonカード」が出てくる。

*改札：電車の乗り場に入ったり出たりするときに切符を調べるところ

*窓口：駅や銀行などの、客の用を聞くところ

第一回

問題四 翻譯與題解

第4大題 請閱讀下列（1）～（4）的文章，並回答問題。請從選項1、2、3、4中，選出一個最適當的答案。

（1）

会社の周さんの机の上に、次のメモが置いてあります。

> 周さん
>   2時ごろ、伊東さんから電話がありました。外からかけているので、また、後でかけるということです。こちらから、携帯電話にかけましょうか、と聞いたら、会議中なので、そうしないほうがよいということでした。
>   1時間くらい後に、またかかってくると思います。
>
>   相葉

26 周さんは、どうすればよいですか。
1 伊東さんの携帯に電話します。
2 伊東さんの会社に電話します。
3 伊東さんから電話がかかってくるのを待ちます。
4 1時間くらい後に伊東さんに電話します。

單字
- 携帯電話 手機，行動電話
- 会議 會議
- そう 那樣，這樣，是
- 思う 想，覺得，認為

▶翻譯

公司裡，周先生的桌上放著如下的留言：

> 周先生
>
> 　兩點左右，伊東先生來電。他人在外面，說稍後再聯絡。我問了是否由我們這邊聯絡他的手機？他回答目前在開會，不方便接聽電話。
>
> 　我想，大約一小時後，他會再聯絡一次。
>
> 　　　　　　　　　　　　　　　相葉

[26] 周先生應該要怎麼做？

1　打電話到伊東先生的手機。
2　打電話到伊東先生的公司。
3　等待伊東先生來電。
4　大約一小時後再打電話給伊東先生。

題解　日文解題／解題中譯

答案是 ❸

答えは3。伊東さんは「外からかけている」ので、2「伊東さんの会社に電話します」は×。「携帯電話にかけましょうか、と聞いたら、…そうしないほうがよいと…」と言っているので、1も×。「また、後でかけるということです」「1時間くらい後に、またかかってくると思います」と言っているので、3が○。4は×。

「～ということです」は、人から聞いたことを伝えるときに使う言い方。

正確答案是3。因為伊東先生「外からかけている」(從外面打電話)，所以2「伊東さんの会社に電話します」(打電話到伊東先生的公司) 是錯誤的。又因為提到「携帯電話にかけましょうか、と聞いたら、…そうしないほうがよいと…」(我問了是否由我們這邊聯絡他的手機？…他回答不方便接聽電話…)，因此1也是錯誤的。文中提到「また、後でかけるということです」(說稍後再聯絡)「1時間くらい後に、またかかってくると思います」(我想，大約一小時後，他會再聯絡一次)，所以3是正確的，4是錯誤的。

「〜ということです」是用於傳達從別人那裏聽來的事情。

Grammar

ということだ
說是…，他說…

来週から暑くなるということだから、扇風機を出しておこう。
〜簡體句+ということだ
聽說下星期會變熱，那就先把電風扇拿出來吧。

〜たら〜た
才知道…

朝起きたら、雪が降っていた。
〜動詞た形+ら〜た
早上起床時，發現正在下雪。

と思う
覺得…，認為…，我想…，我記得…

吉田さんは若く見えると思います。
〜動詞普通形+とおもう
我覺得吉田小姐看起來很年輕。

(2)

駅の前に、次のようなお知らせがあります。

自転車は止められません

- ◆ この場所は、自転車を止ててはいけないと決められています。
- ◆ お金をはらえば止められる自転車置き場*が、駅の近くにあります。
  1日…100円
- ◆ 1か月以上自転車を止めたい人は、市の事務所に電話をして、長く止める自転車置き場が空いているかどうか聞いてください。（電話番号 12-3456-78××）
  空いている場所がない時は、空くのを待つ必要があります。
  1か月…2,000円

*自転車置き場：自転車を止める場所。

27 メイソンさんは4月から、会社に勤めることになりました。駅までは毎日自転車で行こうと思っています。どうしたらよいですか。

1 自転車を、駅前に止めます。
2 自転車を、事務所の前に止めます。
3 自転車置き場に行って、100円はらいます。

單字》

- 止める 停，停止；關掉；戒掉
- はらう 支付；除去；處理；驅趕；揮去
- 市 …市
- 事務所 辦公室
- 空く 空著；(職位) 空缺；空隙；閒著；有空
- 必要 需要
- 月 …月

4 市の事務所に電話して、空いているかどうか聞きます。

>> 翻譯

車站前貼著這張告示：

禁止停放自行車

◆ 依照規定，本場所禁止停放自行車。
◆ 車站附近另有付費自行車停車場＊。
  每日…100 圓
◆ 欲停放自行車超過一個月以上者，請致電市政府辦事處，詢問長期停放自行車的停車場是否有空位。（聯絡電話　12-3456-78XX）
  假如沒有空位，必須等候車位騰出。
  每月…2,000 圓

＊自行車停車場：停放自行車的地方。

[27] 梅森先生從 4 月開始要到公司上班。他打算每天騎自行車到車站。他該怎麼做比較好呢？

1　將自行車停在車站前。
2　將自行車停在市政府辦事處前。
3　付 100 圓，停在自行車停車場。
4　打電話到市政府辦事處，詢問是否有空位。

題解 日文解題／解題中譯 答案是 ④

答えは4。「この場所」とは、駅の前。「この場所は、自転車を止めてはいけない…」と書いてあるので、1は×。事務所の前に止めていいとは書いていないので2も×。自転車置き場で100円払えば、今日1日は自転車を止められるが、メイソンさんは4月から毎日自転車で会社に行くので、3は適切ではない。「1か月以上自転車を止めたい人は、市の事務所に電話をして…」とあるので、4が○。

正確答案是4。「この場所」(本場所)是指車站前。因為文中寫道「この場所は、自転車を止めてはいけない…」(本場所禁止停放自行車...)，所以1是錯的。文中並沒有提到可以停在市政府辦事處前，所以2也是錯的。選項3，雖然支付100圓就可以在自行車停車場停放一天，但是梅森先生從4月開始每天都要騎自行車去上班，所以3並不適當。文中寫道「1か月以上自転車を止めたい人は、市の事務所に電話をして…」(欲停放自行車超過一個月以上者，請致電市政府辦事處…)，所以4是正確的。

Grammar

～ば
如果…的話，假如…，如果…就…

雨が降れば、空気がきれいになる。
　　動詞假定形＋ば
下雨的話，空氣就會變得十分清澄。

～ことになる
(被)決定…；也就是說…

駅にエスカレーターをつけることになりました。
　　　　　　　　　　　　動詞辭書形＋ことになる
車站決定設置自動手扶梯。

使用法の比較 — 問題解決の秘訣

What are the differences?

「お知らせ」、「案內」類的題型

當你遇到這類題型，先抓住關鍵句「～てはいけません」、「～てください」

～てはいけません　　　　～てください

● **～てはいけません**

表示禁止、基於某種理由、規則而不能做前項事情。由於說法很直接，一般用於上司對部屬、長輩對晚輩，或是交通號誌、禁止標誌等。

● **～てください**

表示請求、指示或命令。一般用在老師對學生、上司對部屬、醫生對病人等指示、命令的時候。

Practice

（練習）請翻譯下列句子：

❶ 作答的時候不可以偷看筆記本。（テスト中・ノート・見る）

---

❷ 請到書店買一本雜誌回來。（本屋で・雑誌・買ってくる）

參考解答
1. テスト中は、ノートを見てはいけません。
2. 本屋で雑誌を買ってきてください。

(3)

ソさんに、友だちから、次のようなメールが来ました。

ソさん

　今夜のメイさんの送別会ですが、井上先生が急に病気になったので、出席できないそうです。かわりに高田先生がいらっしゃるということですので、お店の予約人数は同じです。

　メイさんにわたすプレゼントを、わすれないように、持ってきてください。よろしくお願いします。

坂田

---

28 ソさんは、何をしますか。
1 お店の予約を、一人少なくします。
2 お店の予約を、一人多くします。
3 井上先生に、お見舞いの電話をかけます。
4 プレゼントを持って、送別会に行きます。

單字

- **メール【mail】** 電子郵件；信息；郵件
- **送別会** 歡送會，惜別會
- **急に** 突然
- **出席** 出席
- **かわりに** 代替；替代；交換
- **いらっしゃる** 來，去，在（尊敬語）
- **予約** 預約
- **お見舞い** 探望，探病

翻譯

蘇小姐收到了朋友傳來以下的簡訊：

蘇小姐

　今晚將舉行梅伊小姐的歡送會，井上老師由於突然生病而無法出席。高田老師會代替井上老師參加，所以餐廳的預約人數仍然相同。

　請務必記得把要送給梅伊小姐的禮物帶過來，麻煩您了。

坂田

[28] 蘇小姐要做什麼？

1 餐廳的預約人數減少一人。
2 餐廳的預約人數增加一人。
3 打電話慰問井上老師。
4 帶禮物去參加歡送會。

題解 日文解題／解題中譯　　　　　　　　　　答案是 ❹

答えは4。「井上先生が病気になった」「(井上先生の) かわりに高田先生がいらっしゃる」、だから「お店の予約人数は同じ」と書いてあることから、1と2は×。

「井上先生に、お見舞いの電話をかける」とは書いていないので、3も×。

「プレゼントを、忘れないように、持ってきて…」とあるので、4が○。

「代わりに」は「井上先生の代わりに高田先生が」の「井上先生の」が省略されている。例・部長の代わりに私が会議に出席します。

選択肢3「お見舞い」は、病気やけがをした人に会いに行ったり、手紙や物を贈ったりすること。贈る物のことも「お見舞い」という。

　　正確答案是4。「井上先生が病気になった」(井上老師生病了)「(井上先生の) かわりに高田先生がいらっしゃる」(高田老師會代替井上老師參加)，所以「お店の予約人数は同じ」(餐廳的預約人數仍然相同)，因此1和2都是錯的。

文章中並沒有寫道「井上先生に、お見舞いの電話をかける」(打電話慰問井上老師)，所以3是錯的。

　　文中提及「プレゼントを、忘れないように、持ってきて…」(請務必記得把禮物帶過來...)，所以4是正確的。

　　「代わりに」省略了「井上先生の代わりに高田先生が」中的「井上先生の」。完整用法例如：「部長の代わりに私が会議に出席します。」(我代替部長出席會議。)

　　選項3「お見舞い」(探望) 是去探望生病或受傷的人、送信或物品給對方的行為。送的信和禮物也稱作「お見舞い」。

Grammar

そうです
聽說…，據說…

友達の話によると、もう一つ飛行場ができるそうだ。
　　　　　　　　　　　　　　　　　　動詞普通形＋そうだ
聽朋友說，要蓋另一座機場。

先生の奥さんがお倒れになったそうです。
　　　　　　　　　　　　　　　　動詞普通形＋そうだ
聽說師母病倒了。

～ように
請…，希望…；
以便…，為了…

忘れないように手帳にメモしておこう。
　　　　動詞否定形＋ように
為了怕忘記，事先記在筆記本上。

どうか試験に合格しますように。
　　　　　　　　　動詞辭書形＋ように
請神明保佑讓我考上！

拜訪他人的用法

「お見舞い」和「訪ねる」意思不一樣哦！「お見舞い」是指到醫院探望因生病、受傷而住院的病人，並給予安慰和鼓勵，又指為了慰問而寄的信和物品。「訪ねる」則是指抱著一定目的，特意去某地或某人家。

● 到朋友家作客會用到的句子

❶ ごめんください。（有人在家嗎？）— 用在進門前呼叫店員或不確定家裡是否有人時。

❷ 失礼(しつれい)します。（打擾了。）— 進門前說，表示禮貌。

❸ あのう、これつまらないものですか。（不好意思，不成敬意的小禮物。）

❹ 立派(りっぱ)なお家(うち)ですね。（好棒的房子喔！）

到日本人家做客，可不能擇日不如撞日喔！一定要事先約好。去的時候可以帶像點心類的禮物。日本人沒有用自己筷子夾菜給他人的習慣。除了火鍋，大部份都是一人一份。若是看到客人把菜吃光光會非常開心。

(4)

　石川さんは、看護師の仕事をしています。朝は、入院している人に一人ずつ体の具合を聞いたり、おふろに入れない人の体をきれいにしてあげたりします。そのあと、お医者さんのおこなう注射などの準備もします。ごはんの時間には、食事の手伝いもします。しなければならないことがとても多いので、一日中たいへんいそがしいです。

29 石川さんの仕事ではないものはどれですか。
1　入院している人に体の具合を聞くこと
2　おふろに入れない人の体をきれいにしてあげること
3　入院している人の食事をつくること
4　お医者さんのおこなう注射の準備をすること

》翻譯

　石川小姐是一位護理師。她每天早上必須逐一詢問住院病患的身體狀況，並且為無法洗澡的病患擦澡。接下來，她還要幫醫生準備注射針劑。到了用餐時間，她也得協助病患進食。非得由她處理不可的事情實在太多了，從早到晚忙得團團轉。

單字》

» **看護師** 護理師，護士
» **入院** 住院
» **具合** (健康等)狀況；方便，合適；方法
» **あげる** 給；送；交出；獻出
» **お医者さん** 醫生
» **行う** 舉行，舉辦；修行
» **注射** 打針
» **準備** 準備
» **手伝い** 幫助；幫手；幫傭
» **多い** 多的

[29] 哪項不是石川小姐的工作？

1 詢問住院病患的身體狀況
2 為無法洗澡的病患擦澡
3 替住院病患做飯
4 幫醫生準備注射針劑

題解　日文解題／解題中譯　　　　　　　　　　答案是 ❸

答えは 3。問題文には「ごはんの時間には、食事の手伝いもします」とある。これは、「入院している人のごはんの時間に、その人が食事をする手伝いをする」という意味。
3「…食事を作ること」とは違う。

正確答案是 3。文章中寫道「ごはんの時間には、食事の手伝いもします」(到了用餐時間，得協助病患進食)，是「入院している人のごはんの時間に、その人が食事をする手伝いをする」(住院患者的用餐時間，她要協助患者進食) 的意思。
和 3「…食事を作ること」(做飯) 是不一樣的。

Grammar

～なければならない 必須…，應該…	寮には夜 11 時までに帰らなければならない。 （動詞否定形＋なければならない） 必須在晚上 11 點以前回到宿舍才行。
～こと 形式名詞	生きることは本当に素晴らしいです。 （動詞普通形＋こと） 人活著這件事真是太好了！

問題五 翻譯與題解

第5大題 請閱讀下列文章，並回答問題。請從選項1、2、3、4中，選出一個最適當的答案。

　　わたしは冬休み、デパートに買い物に行きました。家から駅までは歩いて10分くらいかかります。駅から地下鉄に30分乗り、デパートの近くの駅で降りました。

　　デパートに入ると、わたしは、①手袋を探しました。その前の雪が降った日になくしてしまったのです。しかし、手袋の売り場がなかなか見つかりません。わたしは店員に、「手袋売り場はどこですか。」と聞きました。店員は「3階にあります。エレベーターを使ってください。」と教えてくれました。

　　売り場にはいろいろな手袋が置いてありました。とても暖かそうなものや、指が出せるもの、高いもの、安いものなど、たくさんあって、なかなか選ぶことができませんでした。すると、店員が「どんな手袋をお探しですか。」と聞いたので、「明るい色のあまり高くない手袋がほしいです。」と答えました。

　　店員が「②これはどうですか。」と言って、棚の中から手袋を出して持ってきてくれました。思ったより少し高かったですが、とてもきれいな青い色だったので、③それを買うことに決めました。買った手袋をもって、「早

單字》

» 降りる 下來；下車；退位
» 手袋 手套
» 探す 尋找，找尋
» なくす 弄丟，搞丟
» 店員 店員
» 売り場 賣場，出售處；出售好時機
» 指 手指
» 選ぶ 選擇
» すると 於是；這樣一來，結果
» 棚 架子，棚架
» 決める 決定；規定；認定

く学校が始まらないかなあ。」と思いながら家に帰りました。

▶▶翻譯

　　寒假時，我去了百貨公司買東西。從家裡走到車站大約花了 10 分鐘，接著搭 30 分鐘的電車到百貨公司附近的車站下車。

　　走進百貨公司以後，我開始尋找①手套，因為原本的手套在前陣子下雪那天弄丟了。可是找了好久都找不到手套的專櫃，於是問了店員：「手套的專櫃在哪裡？」店員告訴了我：「專櫃在 3 樓，請搭電梯上樓。」

　　專櫃陳列了各種款式的手套。有的看起來很暖和，有的是露指的款式，有些價格昂貴，有些價錢便宜，種類實在太多了，我遲遲無法決定要哪一雙。這時，店員問我：「您想找哪一種手套？」我回答：「想要一雙價格不會太貴的亮色手套。」

　　店員從架上拿出一雙手套並問我：「您喜歡②這雙嗎？」雖然稍微超過預算，但亮麗的藍色非常漂亮，於是我③決定買下它了。我帶著剛買的手套，在回家的路上心想：「真希望快點開學呀！」

もんだい

[30]　「わたし」の家からデパートまで、どのくらいかかりましたか。

　1　10分ぐらい
　2　30分ぐらい
　3　40分ぐらい
　4　1時間ぐらい

▶ 翻譯

[30] 從「我」家到百貨公司要花多少時間？
1　10 分鐘左右
2　30 分鐘左右
3　40 分鐘左右
4　1 小時左右

題解　日文解題／解題中譯　　　　　　　　　　答案是 ③

答えは3。家から駅まで10分、駅から地下鉄で30分とあるので、40分くらいと考える。

正確答案是 3。因為從家裡到車站要花 10 分鐘，搭電車要再花 30 分鐘，所以是 40 分鐘左右。

もんだい

[31]「わたし」は、どうして①手袋を探したのですか。
1　去年の冬、なくしてしまったから
2　雪の日になくしてしまったから
3　きれいな色の手袋がほしくなったから
4　前の手袋は丈夫でなかったから

▶ 翻譯

[31]「我」為什麼要買①手套？
1　因為去年冬天時弄丟了
2　因為在下雪那天弄丟了
3　因為想要顏色亮麗的手套
4　因為之前的手套不夠堅固

題解 日文解題／解題中譯　　答案是 ②

答えは2。「その前の雪が降った日になくしてしまったのです」とある。「～のです」は状況や理由を説明する言い方。

正確答案是2。文中說：「その前の雪が降った日になくしてしまったのです」(在前陣子下雪那天弄丟了)。「～のです」是說明狀況和理由的說法。

もんだい

32 ②これは、どんな手袋でしたか。
1　暖かそうな手袋
2　指が出せる手袋
3　安い手袋
4　色がよい手袋

翻譯

[32] ②這雙是怎麼樣的手套？
1　看起來很暖和的手套
2　露指款式的手套
3　便宜的手套
4　顏色漂亮的手套

題解 日文解題／解題中譯 答案是 ④

答えは4。「思ったより少し高かったですが、とてもきれいな青い色だったので」とある。

この文の主語は「その手袋は」で、省略されている。選択肢1，2，3はどれも当てはまらないので、4を選ぶ。

正確答案是4。文中寫道「思ったより少し高かったですが、とてもきれいな青い色だったので」(雖然稍微超過預算,但鮮豔的藍色非常漂亮)。

本句省略了主詞「その手袋は」(那個手套)。選項1、2、3都不符合,所以選4。

もんだい

33 「わたし」はどうして③それを買うことに決めましたか。
1 きれいな色だったから
2 青いのがほしかったから
3 あまり高くなかったから
4 手袋がいるから

▶翻譯

[33]「我」為什麼③決定買那個?
1 因為顏色亮麗
2 因為想要藍色的
3 因為不會太貴
4 因為有手套

題解　日文解題／解題中譯　　答案是 ①

答えは１。③の直前に、「とてもきれいな青い色だったので」とある。「〜ので」は理由を表す。

《他の選択肢》

２は、店員に聞かれたとき、「明るい色の…手袋がほしいです」と答えていて、「青いの」とは言っていないので×。

３は、「思ったより少し高かったですが」と言っているので×。

４は、33の問題文に「どうしてそれを…」とあり、店員に勧められたその手袋に決めた理由を聞いているので×。

正確答案是１。③的前面提到「とてもきれいな青い色だったので」(因為亮麗的藍色非常漂亮)。「〜ので」(因為) 用來表達理由。

《其他選項》

選項２，被店員詢問時回答了「明るい色の…手袋がほしいです」(想要亮色手套)，並沒有指定要「青いの」(藍色的)，所以是錯的。

選項３，文中提到「思ったより少し高かったですが」(雖然稍微超過預算)，所以是錯的。

選項４，33的題目寫道「どうしてそれを…」(為什麼決定買那個…)，問的是決定購買店員推薦那個手套的理由，所以是錯誤的。

Grammar

〜と 一…就	角を曲がると、すぐ彼女の家が見えた。 _{動詞普通形（現在形）＋と} 一過了轉角，馬上就可以看到她家了。
てくれる （為我）做…	田中さんが仕事を手伝ってくれました。 _{動詞て形＋くれる} 田中先生幫了我工作上的忙。
〜そう 好像…，似乎…	このラーメンはおいしそうだ。 _{形容詞詞幹＋そう} 這拉麵好像很好吃。

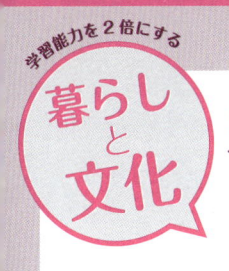

外國人退稅規定

日本 2018 年 7 月 1 日推出了新的外國人退稅規定，退稅商品需要在同一天同一家免稅店內購買，金額在 5,000 日圓～50 萬日圓之間，並不再區分商品類別，一般物品和消耗品可全部放在一起結算。必須包裝好，不能拆封，出日本海關時有可能會檢查，如果被發現已開封，則必須補稅。

● 購物會用到的句子

❶ ちょっと見せてください。（請讓我看一下。）

❷ ちがう色はありますか。（有不同顏色的嗎？）

❸ その時計はいくらですか。（那隻錶多少錢？）

❹ どちらがおすすめですか。（你推薦哪一種呢？）

有些電器商店也可以利用樂天信用卡、阪神一日券、東京地鐵車票，再加護照，照樣能免稅之外，還能再享幾 % 的優惠喔！另外，辦理退稅後店家會給一張「出口免稅物品購入記錄表」請你簽名，這張紙必須並夾於護照內謹慎保存，出國時再由海關收取。

問題六 翻譯與題解

第6大題　請閱讀右頁的「山田區立圖書館 使用規定」，並回答下列問題。請從選項1、2、3、4中，選出一個最適當的答案。

やまだ区立図書館　利用案内

1. **時間**　午前9時〜午後9時
2. **休み**
　○ 月曜日
　○ 年末年始　12月29日〜1月3日
　○ 本の整理日　毎月の最後の金曜日
3. **利用のしかた**
　○ 利用できる人　・やまだ区に住んでいる人
　　　　　　　　　・やまだ区にある学校・会社などに通っている人
4. **利用者カード**…本を借りるためには、利用者カードが必要です。
　○ カードを作るためには、次のものを持ってきてください。
　　・住所がわかるもの（けんこうほけん証など）。または、勤め先や学校の住所がわかるもの（学生証など）。
5. **本を借りるためのきまり**

借りるもの	借りられる数	期間	注意
本	合わせて6冊	2週間	新しい雑誌は借りられません。
雑誌			
CD	合わせて3点（そのうちDVDは1点まで）		
DVD			

單字

- **案内** 引導；陪同遊覽，帶路；傳達
- **最後** 最後
- **利用** 利用
- **しかた** 方法，做法
- **できる** 能夠；完成；做出；發生；出色
- **通う** 來往，來往（兩地間）；通連，相通
- **住所** 地址
- **または** 或者
- **注意** 注意，小心
- **うち** …之中；…之內

>> 翻 譯

山田區立圖書館　使用規定

1. **時間**　早上9點～晚上9點
2. **休館**　○ 星期一
　　　　　○ 春節假期 12月29日～1月3日
　　　　　○ 館藏整理日 每個月的最後一個星期五
3. **使用方法**
　　○ 可入館者　・山田區的居民
　　　　　　　　・學校或公司位於山田區的人
4. **借閱證**…借閱圖書必須持有借閱證
　　○ 辦理借閱證時必須攜帶以下證件：
　　　　・載明住址的證件（例如健保卡），亦或載明公司、學校地址的證件（例如學生證）。
5. **借閱規則**

借閱館藏	可借閱數量	借閱期限	備註
書籍	合計6冊	兩星期	當期雜誌恕不外借。
雜誌			
CD	合計3件（其中DVD至多1件）		
DVD			

もんだい

34 ワンさんは、やまだ区に住んでいます。友だちのイさんは、そのとなりのおうじ区に住んでいます。二人とも、やまだ区にある学校に通っています。やまだ区立図書館は、だれが利用できますか。

1　ワンさんとイさんの二人とも利用できる。
2　ワンさんだけ利用できる。
3　イさんだけ利用できる。
4　どちらも利用できない。

▶翻譯

[34] 王先生住在山田區。他的朋友李先生住在隔壁的王子區。兩人都就讀山田區的學校。誰可以使用山田區立圖書館？
1　王先生和李先生兩人都可以使用。
2　只有王先生可以使用。
3　只有李先生可以使用。
4　兩人都不能使用。

題解　日文解題／解題中譯　　　　　　　　答案是 ❶

答えは1。利用案内の「3.利用のしかた」の「利用できる人」を見る。ワンさんはやまだ区に住んでいる。イさんはやまだ区にある学校に通っているので、正解は1。

> 正確答案是1。請參照使用規定中的「3.利用のしかた」(3.使用方法) 中的「利用できる人」(可入館者)。因為王先生住在山田區，而李先生就讀學校位於山田區，所以正確答案是1。

もんだい

35 今野さんは、やまだ区立図書館の利用者カードを作りました。1月4日にやまだ区立図書館に行くと、読みたい本が2冊と、見たいDVDが2点ありました。今野さんは、このうち、何と何を借りることができますか。

1 本2冊とDVD2点
2 本1冊とDVD2点
3 本2冊とDVD1点
4 どれも借りることができない

▶翻譯

[35] 今野小姐辦了山田區立圖書館的借閱證。她1月4日去了山田區立圖書館，並找到2本想看的書和2件想看的DVD。在這之中，今野小姐可以借閱哪些館藏？

1 2本書和2件DVD
2 1本書和2件DVD
3 2本書和1件DVD
4 什麼都不能借

題解 日文解題／解題中譯　　　　　答案是 **3**

答えは3。「5.本を借りるためのきまり」を見ると、「本」は「合わせて6冊」とある。

「CD」と「DVD」は「合わせて3点（そのうちDVDは1点まで）」とある。DVDは1回に1点しか借りられないので、3が○。

正確答案是 3。請參照「5.本を借りるためのきまり」(5.借閱規則)。書籍總共可以借閱 6 本。

「CD」和「DVD」總共可以借 3 件 (其中 DVD 至多 1 件)。因為 DVD 一次只能借 1 件，所以正確答案是 3。

Grammar

～（ら）れる
會…；能…

明日は、午後なら来られるけど、午前は来られない。
　　　　　　　　　　　動詞可能形＋られる
明天如果是下午就能來，但若是上午就沒辦法來了。

私はタンゴが踊れます。
　　　　　　動詞可能形＋れる
我會跳探戈。

誰でもお金持ちになれる。
　　　　　　　動詞可能形＋れる
誰都可以變有錢人的。

ことができる
能…，會…

車は、急に止まることができない。
　　　　　　動詞辭書形＋ことができる
車子無法突然停下。

明日の午前は来ることができません。午後だったらいいです。
　　　　　　　動詞辭書形＋ことができる
明天早上沒辦法過來，如果是下午就可以。

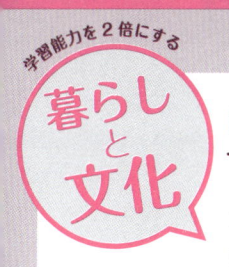

關於圖書館

日本圖書館有國立、都立、縣立、區立、市立等。一般圖書館都設在居民區附近，只要是在該區居住、工作或上課就可以利用。並且日本圖書館積極發展館際合作。一般圖書館都是開架式的。

● 借書會用到的句子

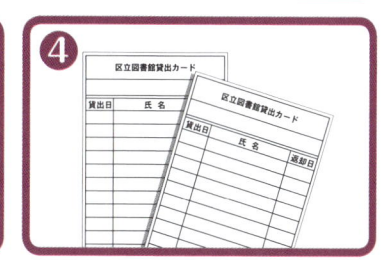

❶ すみません。『花火(はなび)』という本(ほん)はありますか。（請問，有沒有「煙火」這本書？）

❷ 少々(しょうしょう)お待(ま)ちください。今(いま)、他(ほか)の人(ひと)が借(か)りています。（請等一下。現在被人借走了。）

❸ 貸(か)し出(だ)し中(ちゅう)の本(ほん)の予約(よやく)がしたいんですが。（我想預約出借中的書。）

❹ はい。これが貸(か)し出(だ)しカードです。（好的，這是圖書借閱卡。）

台灣不少圖書館都設有給考生等使用的K書中心，但進到日本的圖書館會發現很少會有人帶自己的書來準備考試，大多數都是利用圖書館的資源閱讀當中的書籍、雜誌等。學生們則利用校園內的設施讀書，另外也有為專學生設置的便宜咖啡廳聽兼K書中心等場所。

專欄

主題單字

疾病與治療

熱（ねつ）	高溫；發燒
インフルエンザ【influenza】	流行性感冒
怪我（けが）	受傷；損失
花粉症（かふんしょう）	花粉症
倒れる（たおれる）	倒下；垮台；死亡
入院（にゅういん）	住院
注射（ちゅうしゃ）	打針
塗る（ぬる）	塗抹，塗上
お見舞い（おみまい）	探望
具合（ぐあい）	狀況；方便
治る（なおる）	治癒，痊愈
退院（たいいん）	出院
ヘルパー【helper】	幫傭；看護
お医者さん（おいしゃさん）	醫生
～てしまう	強調某一狀態或動作；懊悔

服裝、配件與素材

着物（きもの）	衣服；和服
下着（したぎ）	內衣，貼身衣物
手袋（てぶくろ）	手套
イヤリング【earring】	耳環
財布（さいふ）	錢包
濡れる（ぬれる）	淋濕
汚れる（よごれる）	髒污；齷齪
サンダル【sandal】	涼鞋
履く（はく）	穿（鞋、襪）
指輪（ゆびわ）	戒指
糸（いと）	線；弦
毛（け）	毛線，毛織物
線（せん）	線；線路
アクセサリー【accessary】	飾品；零件
スーツ【suit】	套裝
ソフト【soft】	柔軟；溫柔；軟體
ハンドバッグ【handbag】	手提包
付ける（つける）	裝上；塗上
玩具（おもちゃ）	玩具

文法比一比

■ …たら…た（確定條件）vs. と（繼起）

…たら…た（確定條件）／才知道…
說明 表示說話人完成前項動作後，發生了後項的事情。
例句 彼氏の携帯に電話したら、知らない女が出た。／撥了男友的電話，結果是個陌生女子接聽的。

と（繼起）／一…就
說明 表示在前項成立情況下，就會發生後項的事情，或是說話人因此有了新的發現。
例句 トイレに行くと、ゴキブリがいた。／去到廁所，發現了裡面有蟑螂。

◎ 前項成立後，哪裡不一樣？
「…たら…た」表示前項成立後，發生了某事，或說話人新發現了某件事，這時前、後項的主詞不會是同一個；「と」表示前項一成立，就緊接著做某事，或發現了某件事，前、後項的主詞有可能一樣。此外,「と」也可以用在表示一般條件，這時後項就不一定接た形。

■ なければならない vs. べきだ

なければならない／必須…，應該…
說明 表示從社會常識或事情的性質來看，有義務要那樣做。「なければ」的口語縮約形是「なきゃ」。
例句 寮には夜 11 時までに帰らなきゃ。／得在晚上 11 點以前回到宿舍才行！

べきだ／必須…，應該…
說明 表示那樣做是應該的、正確的。是一種比較客觀的判斷，書面跟口語都可以用。
例句 弱い者をいじめるのは、やめるべきだ。／欺負弱小是不應該的行為。

◎ 平平是「應該」，含意大不同
「なければならない」是指基於規則或當時的情況，而必須那樣做；「べきだ」則是指身為人應該遵守的原則，常用在勸告或命令對方有義務那樣做。

■ と（繼起）vs. たら

と（繼起）／一…就
[說明] 表示陳述人和事物的一般條件關係，在前項成立的情況下，就會發生後項的事情。
[例句] このボタンを押すと、切符が出てきます。／一按這個按鈕，票就出來了。

たら／要是…；如果要是…了，…了的話
[說明] 表示假定條件，假設前面的情況實現了，後面的情況也就會實現。
[例句] 彼女に携帯を見られたら、困る。／要是手機被女友看到的話，就傷腦筋了。

> ◎ 是一般條件，還是個別條件？
> 「と」通常用在一般事態的條件關係，後面不接表示意志、希望、命令及勸誘等詞；「たら」多用在單一狀況的條件關係，跟「と」相比，後項限制較少。

■ そう vs. そうだ

そう／好像…，似乎…
[說明] 表示說話人根據自己的經驗，而做出判斷。
[例句] 空が暗くなってきた。雨になりそうだよ。／天空變暗了。看起來好像會下雨耶！

そうだ／聽說…，據說…
[說明] 表示傳聞。指消息不是自己直接獲得的，而是從別人那裡，或報章雜誌等地方得到的。這個文法不能改成否定形或過去式。
[例句] 今日は、午後から雨になるそうだよ。／聽說今天下午會下雨喔。

> ◎ 是「好像」，還是「聽說」？
> 「そう」前接動詞連用形或形容詞・形容動詞詞幹，意思是「好像」；「そうだ」前接用言終止形或「名詞＋だ」，意思是「聽說」。

第二回

もんだい4 問題四 翻譯與題解

第4大題 請閱讀下列（1）～（4）的文章，並回答問題。
請從選項1、2、3、4中，選出一個最適當的答案。

（1）

吉田先生の机の上に、学生が書いた手紙があります。

> 吉田先生
>
> 　お借りしていたテキストを、お返しします。昨日、本屋さんに行ったら、ちょうど同じテキストを売っていたので買ってきました。
> 　国の母が遊びにきて、おみやげにお菓子をたくさんくれたので、少し置いていきます。めしあがってみてください。
>
> 　　　　　　　　　　　　パク・イェジン

26 パクさんが置いていったものは何ですか。

1　借りていたテキストと本
2　きのう買ったテキストとおみやげのお菓子
3　借りていたテキストとおみやげのお菓子
4　きのう買ったお菓子と本

單字

- **テキスト【text】** 教科書
- **遊び** 遊玩，玩耍；不做事；間隙；閒遊；餘裕
- **おみやげ** 禮物；當地名產
- **くれる** 給（我）
- **めしあがる** 吃，喝（「食べる」、「飲む」的尊敬語）

▶翻譯

吉田老師的桌上有一封學生寫的信：

```
吉田老師

　　謹歸還之前向您借的教科書。昨天去
書店剛好看到同一本教科書，已經買下來
了。
　　家母來日本玩，帶來很多家鄉的糕點，
送一些放在桌上請老師享用。
　　　　　　　　　　　　　朴　藝珍
```

[26] 朴小姐放的是什麼東西？

1　借來的教科書和書籍
2　昨天買的教科書和家鄉的糕點
3　借來的教科書和家鄉的糕點
4　昨天買的糕點和書籍

題解　日文解題／解題中譯　　　　　　　答案是 ③

　答えは3。「お借りしていたテキストを、お返しします」とある。返す理由として、「昨日同じテキストを買った」と言っている。また、「おみやげにお菓子を…くれたので、…置いていきます」とあるので、正解は3。

　正確答案是3。文中提到「お借りしていたテキストを、お返しします」(謹歸還之前向您借的教科書)，並說明返還的原因是「昨日同じテキストを買っ」(昨天買了同一本教科書)。另外又提到「おみやげにお菓子を…くれたので、…置いていきます」(帶來家鄉的糕點…放一些在桌上)，所以正確答案是3。

Grammar

お～する、ご～する 表動詞的謙讓形式	**2、3日中に電話でお知らせします。** _{お＋動詞ます形＋する} 這兩三天之內會以電話通知您。
	それはこちらでご用意します。 _{ご＋サ變動詞詞幹＋する} 那部分將由我們為您準備。
～たら～た 發現…，才知道…， 原來…	**仕事が終わったら、もう9時だった。** _{動詞た形＋ら～た} 工作做完，已經是9點了。
	朝起きたら、雪が降っていた。 _{動詞た形＋ら～た} 早上起床時，發現正在下雪。

Part 3　問題四　翻譯與題解

MEMO

日本正式書信往來，一般書信最常用的開頭語為「拝啓」、「拝呈」、「啓上」；常用結語則有「敬具」、「敬白」、「拝具」幾種。

日本也有「置手紙」留信、留紙條的書信寫法，這時候就不需那麼正式。寫法如上面這一題。格式可分4部分：稱呼、正文、署名和日期（有時也可以不寫上日期）。至於內容寫法，一般是清楚且簡單明瞭。

問題解決の秘訣

使用法の比較

What are the differences?

敬語說法

對於要表達敬意的人，可以使用敬語說法！

お～する、ご～する　　　　**お～いたす、ご～いたす**

❶　　　　　　　　　　　　　❷

● **お～する、ご～する**

表示動詞的謙讓形式。透過降低自己以提高對方的地位，向對方表達尊敬。

● **お～いたす、ご～いたす**

這是比「お～する」語氣上更謙和的謙讓形式。對要表示尊敬的人，透過降低自己或自己這一邊的人的說法，以提高對方地位，來向對方表示尊敬。

Practice

練習 請排序下列句子：

❶ 私（わたくし） ＿＿ ＿＿ ＿＿ ＿＿ します。
　1. を　2. 荷物（にもつ）　3. が　4. お持（も）ち

❷ 会議室（かいぎしつ） ＿＿ ＿＿ ＿＿ ＿＿ します。
　1. へ　2. いた　3. 案内（あんない）　4. ご

解答： 1. 3214　2. 1432

(2)
やまだ病院の入り口に、次の案内がはってありました。

お休みの案内
やまだ病院

- 8月11日（金）から16日（水）までお休みです。
- 急に病気になった人は、市の「休日診療所*」に行ってください。
- 「休日診療所」の受付時間は、10時から11時半までと、13時から21時半までです。
- 「休日診療所」へ行くときは、かならず電話をしてから行ってください。（電話番号 12-3456-78 ××）

---

*休日診療所：お休みの日にみてくれる病院。

27 8月11日の午後7時ごろ、急におなかがいたくなりました。いつもは、やまだ病院に行っています。どうすればいいですか。

1　休日診療所に電話する。
2　朝になってから、やまだ病院に行く。
3　すぐに、やまだ病院に行く。
4　次の日の10時に、休日診療所へ行く。

單字》

- **案内** 通知；引導；陪同遊覽；帶路
- **急に** 突然
- **受付** 受理；詢問處；接待員
- **かならず** 一定，務必，必須
- **すぐに** 馬上

▶▶翻譯

山田醫院的門口張貼了以下的告示：

休 診 通 知

山田醫院

◆ 8月11日（週五）至16日（週三）休診。
◆ 急病患者請前往本市的「假日診所*」就醫。
◆ 「假日診所」的看診時間為10點至11點半，以及13點到21點半。
◆ 欲至「假日診所」就醫前，務必先撥打電話確認。(電話號碼12-3456-78XX)

*假日診所：假日期間亦可就醫的醫院。

[27] 8月11日的下午7點左右肚子突然痛了起來。平時都是在山田醫院就診，現在該怎麼做？

1 打電話到假日診所。
2 等到早上，去山田醫院。
3 馬上去山田醫院。
4 隔天10點時去假日診所。

題解　日文解題／解題中譯

答案是 ❶

答えは1。やまだ病院は、8月11日から16日まで休みなので、2と3は×。

休日診療所は21時半まで受付していて、今日行くことができるので、4は×。

休日診療所へは、かならず電話をしてから、とある。

> 正確答案是1。因為山田醫院從8月11日到16日休診，所以2和3是錯的。
>
> 假日診所的看診時間到21點半，今天還可以前往就診，所以4錯誤。
>
> 文中寫道若要前往假日診所，請務必先打撥打電話確認。

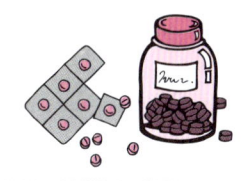

MEMO

在日本私立醫院多於公立醫院。有些小醫院或民營診所不僅專業醫學水準非常高，數量也如同24小時便利商店，眾多且便捷。因此日本人感冒、肚子疼等小病，一般都去附近的小醫院或診所就診。由於常去的診所或小醫院，熟悉的醫生也就比較瞭解患者的身體狀況，患者也相對安心。

但，如果是遇到動刀等或需要作精密檢查的大病，小醫院或診所的醫生也會給患者寫介紹信，讓患者到大醫院作進一步的檢查和治療。

感冒、肚子疼常用的藥品有：風邪薬（感冒藥）、胃腸薬（胃腸藥）、鎮痛剤（鎮痛劑）、痛み止め（止痛）、熱さまし（退燒藥）、咳止め（止咳）、抗生物質（抗生素）。

Lifestyle in Japan

暮らしと文化 — 学習能力を2倍にする

關於生病

日本人生病時，如果病情較輕，會到藥局或藥妝店買藥吃。感冒等小病一般都到附近不需要預約的小診所。如果病情嚴重，小診所的醫生會介紹患者到醫療條件和設備較好的大醫院就診。大醫院幾乎都需要介紹和預約，等待時間也較長。

● **看診會用到的句子**

❶ ねつ
熱があります。（有點發燒。）

❷ しんさつ じ かん　なん じ　　　なん じ
診察時間は何時から何時までですか。（診療時間是幾點到幾點？）

❸ き ぶん　わる
気分が悪いです。（身體不舒服。）

❹ せき
咳がひどいです。（我咳得很厲害。）

日本的就醫費用十分昂貴，但加入日本國民健保的話，健保會支付70％的費用，民眾只需支付30％的費用即可就醫。而有留學生資格政府會加碼補助，只要事先向學校的留學生課登陸申請，最低可以只負擔6％。另外，保險卡也可以代替其他身分證使用喔！

(3)

　これは、ミジンさんとサラさんに、友だちの理沙さんから届いたメールです。

　たのまれていた３月３日のコンサートのチケットですが、三人分予約ができました。再来週、チケットが送られてきたら、学校でわたします。お金は、そのときでいいです。
　ミジンさんは、コンサートのときにあげる花を、花屋さんにたのんでおいてね。

理沙

---

28 理沙さんは、チケットをどうしますか。
1　すぐに二人にわたして、お金をもらいます。
2　再来週二人にわたして、そのときにお金をもらいます。
3　チケットを二人に送って、お金はあとでもらいます。
4　チケットを二人にわたして、もらったお金で花を買います。

單字》
- **届く** 送達；送交；申報，報告
- **コンサート【concert】** 音樂會
- **再来週** 下下星期
- **送る** 寄送；派；送行；度過；標上(假名)
- **あげる** 給；送；交出；獻出

》翻譯

　這是理沙小姐傳給朋友美珍小姐和莎拉小姐的簡訊：

妳們託我訂購的3月3日音樂會的入場券，我已經預約3張了。等入場券於下下週寄到以後，再拿去學校給妳們。錢到時候再給我就可以了。

美珍小姐，音樂會時要送的花束，要記得去花店預訂哦！

理沙

[28] 理沙將怎麼處理入場券？

1 馬上交給兩人並收錢。
2 下下週再交給兩人，那時候再收錢。
3 把入場券寄給兩人，之後再收錢。
4 把入場券交給兩人，並用收到的錢去買花。

題解　日文解題／解題中譯　　　答案是 ❷

答えは2。「再来週、チケットが送られてきたら、学校でわたします」とある。また「お金は、そのときでいいです」とあるので、2が正解。

「チケットが送られてくる」は目的語「わたしに」が省略されており、「チケット」を主語にした受身形の文。

正確答案是2。文中寫道「再来週、チケットが送られてきたら、学校でわたします」（等入場券於下下週寄到以後，再拿去學校給妳們）。另外，「お金は、そのときでいいです」（錢到時候再給我就可以了），所以2是正確答案。

「チケットが送られてくる」（入場券被寄過來）的目的語「わたしに」（到我這裡）被省略了。這是以「チケット」為主詞的被動句。

(4)

　コンさんは、引っ越したいと思って、会社の近くのK駅の周りで部屋をさがしました。しかし、初めに見た部屋は押入れがなく、2番目の部屋はせま過ぎ、3番目はかりるためのお金が予定より高かったので、やめました。

29 コンさんがかりるのをやめた理由ではないものはどれですか。

1　押入れがなかったから
2　部屋がせまかったから
3　会社から遠かったから
4　予定より高かったから

▶▶翻譯

　孔小姐打算搬家，因此在公司附近的K車站周邊找房子。可是，她看的第一間房子沒有壁櫥、第二間房子太小，而第三間的租金又超過預算，只好打消了主意。

[29] 以下何者不是孔小姐打消租房子念頭的理由？

1　因為沒有壁櫥
2　因為房子太小
3　因為離公司太遠
4　因為超過預算

單字》

» 引っ越す 搬家
» 周り 周圍，周邊
» 押入れ（日式的）壁櫥
» ～目 第…
» やめる 放棄；停止

111

題解 日文解題／解題中譯　　　　答案是 ③

答えは3。「初めに見た部屋は押入れがなく」「2番目の部屋はせま過ぎ」「3番目は…お金が予定より高かった」とある。ここにないのは3。

※「押入れ」は部屋の中の、物をしまうところ。

> 正確答案是3。文中寫道「初めに見た部屋は押入れがなく」(第一間房子沒有壁櫥)、「2番目の部屋はせま過ぎ」(第二間房子太小)、「3番目は…お金が予定より高かった」(第三間的租金超過預算)。沒有提到的是選項3。
>
> ※「押入れ」(壁櫥)是房子中收納物品的地方。

Grammar

〜すぎる
太…, 過於…

お見合いの相手は頭が良すぎて、話が全然合わなかった。
　　　　　　　　　　　　　　形容詞(去い)＋すぎる

相親的對象腦筋太聰明，雙方完全沒有共通的話題。

〜の（は/が/を）
的是…

妻が、私がほかの女と旅行に行ったのを怒っています。
　　　　　　　　　　　　　　　名詞修飾短語＋のを

我太太在生氣我和別的女人出去旅行的事。

關於租屋

外國人在日本租屋大致可分為 Share house 以及獨立套房兩類，Share house 就像台灣的雅房，雖然要共用廚房浴室，但好處是有機會認識世界各地的朋友，且通常不需禮金、保證人等，適合短期租屋族。獨立套房則可擁有自己的空間，但房屋的初期費用相當昂貴之外，也有許多房仲不租給外國人，各有優缺點。

◉ 租屋會用到的句子

❶ ペットは飼っても大丈夫ですか。（可以養寵物嗎？）

❷ 「礼2」は礼金が2か月分の家賃のことです。（「禮2」是指禮金為2個月的房租。）

❸ すみませんが、ちょっと考えますので。（不好意思，我要考慮一下。）

❹ 家賃はいつ払いますか。（房租什麼時候支付呢？）

在日本租獨立套房時，房東會收取押金「敷金」，如果租屋期間損壞或弄髒了房子，就會被扣除押金作為賠償。而禮金則是感謝房東出租房屋的謝禮，平均會收取約 1.36 個月的租金，並且不會退還，因此租屋前務必到現場查看，並確認周邊環境的生活機能。

問題五 翻譯與題解

第 5 大題　請閱讀下列文章，並回答問題。請從選項 1、2、3、4 中，選出一個最適當的答案。

公園を散歩しているとき、木の下に何か茶色のものが落ちているのを見つけました。拾ってみると、それは、①小さなかばんでした。あけてみると、立派な黒い財布と白いハンカチ、それと空港で買ったらしい東京の地図が入っていました。地図には町やたてものの名前などが英語で書いてあります。私は、「このかばんを落とした人は、たぶん外国からきた旅行者だ。きっと、困っているだろう。すぐに警察にとどけよう。」と考えました。私は公園から歩いて3分ほどのところに交番があることを思い出して、交番に向かいました。

交番で、警官に「公園でこれを拾いました。」と言うと、太った警官は「中に何が入っているか、調べましょう。」と言って、かばんをあけました。

②ちょうどその時、「ワタシ、カバン、ナクシマシタ。」と言いながら、外国人の男の人が走って交番に入ってきました。

かばんは、その人のものでした。③その人は何度も私にお礼を言って、かばんを持って交番を出て行きました。

單字

» **落ちる** 掉落；落下；降低，下降；落選
» **見つける** 找到；發現；目睹
» **拾う** 撿拾；挑出；接；叫車
» **小さな** 小，小的；年齡幼小
» **財布** 錢包
» **空港** 機場
» **警察** 警察
» **考える** 思考，考慮
» **ほど** …的程度；限度；越…越…
» **思い出す** 想起來，回想
» **太る** 胖，肥胖；增加
» **警官** 警察；巡警
» **調べる** 查閱，調查；檢查；搜查

>> 翻譯

　　我在公園散步時，看到有一件褐色的東西掉在樹下，撿起來一看，原來是一個①小提包。

　　打開提包，裡面有高級的黑色錢包、白手帕，以及可能是在機場買的東京地圖。地圖上的城鎮和建築的名稱都是以英文印製的。我心想：「遺失這個提包的人大概是一位外國遊客。他一定很著急，得趕快交給警察才行。」我想起從公園走3分鐘左右，就有一間派出所，於是立刻前往。

　　在派出所，我告訴警察：「我在公園撿到了這個。」一位身材豐腴的警察說：「我們來看看裡面放了什麼東西吧。」然後打開了提包。

　　②就在這時，有位外國男士一邊走進派出所一邊說：「我…提包…不見了！」

　　撿到的提包是他的。③那位外國男士向我連連道謝，拿著提包離開了派出所。

>> もんだい

30 「私」はその日、どこで何をしていましたか。
1 会社で働いていました。
2 空港で買い物をしていました。
3 木の下で昼寝をしていました。
4 公園を散歩していました。

>> 翻譯

[30]「我」那一天在哪裡做了什麼？
1 在公司上班。　　2 在機場買東西。
3 在樹下睡午覺。　4 在公園散步。

題解 日文解題／解題中譯　　　答案是 ❹

答えは4。「公園を散歩しているとき」とある。

正確答案是4。文中寫道「公園を散歩しているとき」(在公園散步的時候)。

もんだい

31 ①小さなかばんに入っていたものでないのはどれですか。
1　外国の町の地図　　　2　黒い財布
3　東京の地図　　　　　4　白いハンカチ

▶翻譯

[31] 以下哪項物品沒有在①小提包內？
1　外國城鎮的地圖　　2　黑色錢包
3　東京地圖　　　　　4　白手帕

題解 日文解題／解題中譯　　　答案是 ❶

答えは1。「立派な黒い財布」「白いハンカチ」「空港で買ったらしい東京の地図」とある。

正確答案是1。因為文中寫道小提包內有：「立派な黒い財布」(高級的黑色錢包)、「白いハンカチ」(白手帕)、「空港で買ったらしい東京の地図」(可能是在機場買的東京地圖)。

もんだい

32 ②ちょうどその時とありますが、どんな時ですか。
1 「私」が交番に入った時
2 外国人の男の人が交番に入ってきた時
3 警官がかばんをあけている時
4 「私」がかばんをひろった時

▶ 翻譯

[32] ②就在這時是什麼時候？
1 「我」進入派出所時
2 外國男士進入派出所時
3 警察打開提包時
4 「我」撿到提包時

題解　日文解題／解題中譯　　答案是 ❸

答えは3。「ちょうどその時」の「その時」は、このことばの直前に書いてある時をさす。
直前には「太った警官は、…、かばんをあけました」と書いてある。
指示語「その（それ）」は、直前に書いてあることをさすことが多い。

　正確答案是3。「ちょうどその時」（就在這時）的「その時」（這時），是指接近這句話之前的時間點。
　前一句話是「太った警官は、…、かばんをあけました」（身材豐腴的警察…打開了提包）。
　指示語「その（それ）」（那個）多用於表示前面剛描述的事物。

もんだい

[33] ③その人は、「私」にどういうことを言いましたか。

1　あなたのかばんではなかったのですか。
2　私のかばんだということがよくわかりましたね。
3　かばんをあけてくれて、ありがとう！
4　かばんをとどけてくれて、ありがとう！

▶翻譯

[33] ③那位外國男士對「我」說了什麼？
1　這不是你的提包嗎？　　2　你真清楚這是我的提包呢。
3　謝謝你替我打開提包！　4　謝謝你把提包交給警察！

題解　日文解題／解題中譯　　答案是 ❹

答えは４。「その人は何度も私にお礼を言って」とある。「私」のしたことは「かばんを警察に届けること」なので、その人が私に言ったのは、かばんを届けたことへのお礼。

正確答案是４。文中寫道「その人は何度も私にお礼を言って」(他連連向我道謝)。因為「我」做的事是「かばんを警察に届けること」(把提包交給警察)，所以那位外國男士是為了「把提包交給警察」這件事而向我道謝。

Grammar

～だろう …吧	みんなもうずいぶんお酒を飲んでいるだろう。 　　　　　　　　　　　　　動詞普通形＋だろう 大家都已經喝了不少酒吧？
(よ) う …吧	今年こそ、煙草をやめよう。 　　　　　　　　動詞意向形＋(よ) う 今年一定要戒菸。

第二回

問題六 翻譯與題解

第6大題　請閱讀右頁的「新宿日語學校的社團活動通知」，並回答下列問題。請從選項1、2、3、4中，選出一個最適當的答案。

新宿日本語学校のクラブ活動　案内

●日本文化に興味のある方は、練習時間に、行ってみてください。

クラブ	説明	曜日・時間	場所
日本料理研究会	和食*のよさについて研究しています。毎週、先生に来ていただいて、和食の作り方を教えてもらいます。作ったあと、みんなで食べます。	土 16:30～18:00	調理室
お茶	お茶の先生をおよびして、日本のお茶を習います。おいしいお菓子も食べられます。楽しみながら、日本の文化を学べますよ。	木 12:30～15:00	和室
お花	いけ花*のクラブです。花をいけるだけでなく、生活の中で花を楽しめるようにしています。	月・金 16:00～17:00	和室
日本舞踊*研究会	着物をきて、おどりをおどってみませんか。先生をよんで、日本のおどりを教えてもらいます。	水・土 15:00～18:00	講堂

*和食：日本の食べ物や料理
*調理室：料理をする教室

單字》

- **文化** 文化；文明
- **方**（敬）人
- **興味** 興趣
- **研究** 研究
- **方** …方法
- **楽しみ** 期待；快樂
- **生活** 生活
- **着物** 和服；衣服
- **おどり** 舞蹈
- **おどる** 跳舞；舞蹈
- **講堂** 禮堂
- **もらう** 受到

＊和室：日本のたたみの部屋
＊いけ花：日本の花のかざりかた
＊日本舞踊：日本の着物を着ておどる日本のおどり

翻譯

新宿日語學校的社團活動通知

●凡對日本文化有興趣者，請於社團活動時間前往參加。

社團名稱	說明	日期・時間	地點
日本料理研究會	研究和食＊對健康的好處。每星期聘請老師來教導和食的烹調方法，完成後大家一起享用。	星期六 16:30～18:00	烹飪室＊
茶道社	特聘茶道老師帶領學員學習日本的茶道，並可享用美味的糕餅。大家一起愉快地學習日本文化吧！	星期四 12:30～15:00	和室＊
花藝社	學習日式插花＊的社團。而且不只學習如何插花，還要教大家在生活中欣賞花卉之美。	星期一、星期五 16:00～17:00	和室
日本傳統舞蹈＊研究會	要不要一起穿上和服跳舞呢？我們請到老師來教大家跳日本的舞蹈。	星期三、星期六 15:00～18:00	禮堂

＊和食：日本的食物和料理
＊烹飪室：烹飪的教室
＊和室：日式的草蓆房間
＊日式插花：日本風格的花藝
＊日本傳統舞蹈：穿著和服跳日本的舞蹈。

> もんだい

[34] カミーユさんは、ことし、新宿日本語学校に入学しました。じゅぎょうのないときに、日本の文化を勉強しようと思います。じゅぎょうは、月・火・水・金曜日の、朝9時から夕方5時までと、木曜日の午前中にあります。行くことができるのは、どのクラブですか。

1　日本料理研究会だけ　　　2　日本料理研究会とお花
3　日本料理研究会とお茶　　4　日本舞踊研究会だけ

>> 翻譯

[34] 卡蜜兒小姐今年進入了新宿日本語學校就讀。想利用沒有課的時間學習日本文化。她的上課時間是一、二、三、五的早上9點到下午5點，和星期四的上午。她能參加哪個社團？

1　只有日本料理研究會　　　2　日本料理研究會和花藝社
3　日本料理研究會和茶道社　4　只有日本傳統舞蹈研究會

題解　日文解題／解題中譯　　　　　　　　　　　　答案是 **3**

答えは3。授業がないのは、木曜日の午後と土曜日。

正確答案是3。根據題目，沒有課的時間是星期四的下午和星期六，因此答案是與此時間相符的選項3。

> もんだい

[35] カミーユさんは、食べ物に興味があるので、日本の料理について知りたいと思っています。いつ、どこに行ってみるのがよいですか。

1 土曜の午後4時半に、調理室
2 月曜か金曜の午後4時に、和室
3 水曜か土曜の午後3時に、講堂
4 土曜の午後6時に、調理室

> 翻譯

[35] 卡蜜兒小姐對食物很有興趣，所以想了解日本料理。請問她該在什麼時間去什麼地方？
1 星期六的下午4點半，烹飪室
2 星期一或五的下午4點，和室
3 星期三或六的下午3點，禮堂
4 星期六的晚上6點，烹飪室

題解　日文解題／解題中譯　　答案是 ①

答えは1。「日本料理研究会」は土曜日午後4時半から。場所は調理室。

正確答案是1。因為「日本料理研究會」從星期六下午4點半開始。地點是烹飪室。

Grammar

～について 有關…，就…，關於…	中国の文学について勉強しています。（名詞+について） 我在學中國文學。
～ていただく 承蒙…	花子は先生に推薦状を書いていただきました。（動詞て形+いただく） 花子請老師寫了推薦函。
～てもらう 請(某人為我們做)	私は友達に助けてもらいました。（動詞て形+もらう） 我請朋友幫了我的忙。

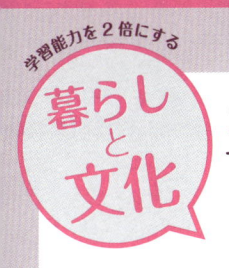

三道

在日本有著名的「三道」，即日本民間的茶道、花道及書道。花道和茶道都是隨著漢傳佛教一起傳入日本的，現在已在日本紮根，成為了日本藝術的重要組成部分。

● 觀光會用到的句子

❶ 写真を撮っていただけますか。（可以幫我拍照嗎？）
❷ とても美しいところです。（很美的地方。）
❸ 中国語の説明書を差し上げます。（給您中文的說明書。）
❹ もしもし、予約をしたいのですが。（喂！我想預約。）

不論是茶道或花道都十分注重禮節，在寧靜的空間中遵循一定的禮數，從中修身養性，並學習品鑑、尊重花朵生命或是待客之道等等。而除了三道之外還有較為少見的「香道」，遵循傳統禮節焚香並欣賞其香氣，有機會到日本不妨來場深入日本文化之旅。

專欄

主題單字

內部格局與居家裝潢

屋上（おくじょう）	屋頂（上）
壁（かべ）	牆壁；障礙
水道（すいどう）	自來水管
応接間（おうせつま）	客廳；會客室
畳（たたみ）	榻榻米
押し入れ・押入れ（おしいれ）	（日式的）壁櫥

引き出し（ひきだし）	抽屜
布団（ふとん）	棉被
カーテン【curtain】	窗簾；布幕
掛ける（かける）	懸掛；坐
飾る（かざる）	擺飾；粉飾
向かう（むかう）	面向

各種機關與設施

床屋（とこや）	理髮店；理髮室
講堂（こうどう）	禮堂
会場（かいじょう）	會場
事務所（じむしょ）	辦公室
教会（きょうかい）	教會
神社（じんじゃ）	神社
寺（てら）	寺廟
動物園（どうぶつえん）	動物園

美術館（びじゅつかん）	美術館
駐車場（ちゅうしゃじょう）	停車場
空港（くうこう）	機場
飛行場（ひこうじょう）	機場
港（みなと）	港口，碼頭
工場（こうじょう）	工廠
スーパー【supermarket 之略】	超級市場

文法比一比

■ …の（は／が／を）vs. こと

…の（は／が／を）／的是…
[說明]「短句＋のは」表示強調。句子中，想強調部分會放在「のは」的後面。の（は／が／を）前接短句，起前面的短句名詞化。
[例句] 雪を見るのは生まれて初めてです。／這是我有生以來第一次看到雪。

こと
[說明] 是形式名詞的用法。「こと」前接名詞修飾短句，使前面的短句名詞化。
[例句] 日本に行って一番したいことはスキーです。／去日本我最想做的事是滑雪。

> ◎ 都是名詞化，什麼時候不能互換？
> 只用「の」：基本上用來代替人或物，而非代替「事情」時，還有後接「見る」（看）、「聞く」（聽）等表示感受外界事物的動詞，或是「止める」（停止）、「手伝う」（幫忙）、「待つ」（等待）等時。
>
> 只用「こと」：後接「です、だ、である」，或是「～を約束する」（約定…）、「～が大切だ」（…很重要）、「～が必要だ」（…必須）等。

■ すぎる vs. すぎだ

すぎる／太…，過於…
[說明] 表示程度超過限度，達到過份的狀態。前接「ない」要用「なさすぎる」；前接「良い（いい／よい）」必須用「よすぎる」。
[例句] おいしかったから、食べ過ぎた。／因為太好吃，結果吃太多了。

すぎだ／太…
[說明] 以「形容詞・形容動詞詞幹；動詞連用形＋すぎだ」的形式，表示某個狀況或事態，程度超過一般水平。
[例句] あの子はちょっと痩せ過ぎだ。／那個孩子有點太瘦了。

> ◎ 「超過」怎麼分？
> 「すぎる」跟「すぎだ」都用在程度超過一般狀態，但「すぎる」結合另一個單字，作動詞使用；「すぎだ」的「すぎ」結合另一個單字，作名詞使用。

■ だろう vs.（だろう）と思う

だろう／…吧
說明 使用降調，表示說話人對未來或不確定事物的推測，而且說話人對自己的推測有相當大的把握。
例句 試合はきっと面白いだろう。／比賽一定很有趣吧！

（だろう）と思う／（我）想…，（我）認為…
說明 推測的內容只是說話人主觀的判斷。由於「だろうと思う」説法較婉轉，所以讓人感到比較鄭重。
例句 このお菓子は高かっただろうと思う。／我想這種糕餅應該很貴吧。

◎ 自言自語的「推測」要用哪個？
「だろう」可以用在把自己的推測跟對方說，或自言自語時；「（だろう）と思う」只能用在跟對方說自己的推測，而且也清楚表達這個推測是說話人個人的見解。

■ お…する vs. お…いたす

お…する
說明 表示動詞的謙讓形式。對要表示尊敬的人，透過降低自己或自己這一邊的人，以提高對方地位，來向對方表示尊敬。
例句 いいことをお教えしましょう。／我來告訴你一個好消息吧。

お…いたす
說明 對要表示尊敬的人，透過降低自己或自己這邊的人的說法，以提高對方地位，來向對方表示尊敬。
例句 車でお送りいたしましょう。／搭我的車送你去吧。

◎ 哪個「謙讓語」謙讓程度較高？
「お…する」跟「お…いたす」都是謙讓語，用在降低我方地位，以對對方表示尊敬，但語氣上「お…いたす」是比「お…する」更謙和的表達方式。

第三回

問題四 翻譯與題解

第4大題 請閱讀下列（1）～（4）的文章，並回答問題。請從選項1、2、3、4中，選出一個最適當的答案。

(1)

会社のさとう課長の机の上に、この手紙が置かれています。

さとう課長

　Ｈ産業の大竹さんから、お電話がありました。さきに送ってもらった請求書*にまちがいがあるので、もう一度作りなおして送ってほしいとのことです。

　もどられたら、こちらから電話をかけてください。

　　　　　　　　　　　　　　　ワン

＊請求書：売った品物のお金を書いた紙。

26 さとう課長は、まず、どうしたらいいですか。

1　もう一度請求書を作ります。
2　大竹さんに電話します。
3　大竹さんの電話を待ちます。
4　ワンさんに電話します。

單字》

- 課長 課長，科長
- 産業 産業
- 請求書 帳單，請款單
- 一度 一次，一回；一旦
- 直す 更改；改正；整理；修理
- 戻る 回來，回到；折回
- 品物 貨品，東西；物品

> 翻譯

公司的佐藤課長桌上放著這封信：

佐藤課長

　　H產業的大竹先生來電。剛才我方送去的請款單*有誤，希望能重做一份送過去。
　　請您回來後致電。

　　　　　　　　　　　　　　王

＊請款單：記載售出商品總價的單據。

[26] 佐藤課長首先應該做什麼？

1　再做一份請款單。
2　打電話給大竹先生。
3　等待大竹先生來電。
4　打電話給王先生。

題解　日文解題／解題中譯　　　　　答案是 ②

　答えは2。手紙には「戻られたら、こちらから電話をかけてください」とある。「戻られたら」は「戻ったら」の尊敬語。この文の主語はさとう課長。「こちら」は「ここ」の丁寧な言い方で、さとう課長やワンさんの会社のこと。「H産業」のことは「あちら」という。さとう課長がまずすることはH産業の大竹さんに電話をかけること。

正確答案是 2。信上寫道「戻られたら、こちらから電話をかけてください」（請您回來後致電）。「戻られたら」是「戻ったら」的尊敬語。句子的主詞是佐藤課長。「こちら」（我方）是「ここ」的禮貌說法，指的是佐藤課長和王先生的公司。「H産業」要用「あちら」（對方）來表示。佐藤課長首先必須要做的事是打電話給 H 產業的大竹先生。

Grammar

〜てほしい
希望…，想…

旅行（りょこう）に行（い）くなら、お土産（みやげ）を買（か）って来（き）てほしい。
<u>動詞て形＋ほしい</u>
如果你要去旅行，希望你能買名產回來。

卒業（そつぎょう）しても、私（わたし）のことを忘（わす）れないでほしい。
<u>動詞否定形＋でほしい</u>
就算畢業了，也希望你不要忘掉我。

〜たら
要是…；如果要是…了，…了的話

宿題（しゅくだい）が終（お）わったら、遊（あそ）びに行（い）ってもいいですよ。
<u>動詞た形＋ら</u>
等到功課寫完了，就可以去玩了喔。

いい天気（てんき）だったら、富士山（ふじさん）がみえます。
<u>名詞た形＋ら</u>
要是天氣好，就可以看到富士山。

MEMO

關於職場電話日語重點，打電話時先報上自己的姓名，再告訴對方要找的人。先簡潔說出要件，最後再做確認。若是電話要講很久也要先跟對方致意一下！職場日語，打電話的基本對話：

告知公司名及姓名：AB 社の山田（やまだ）と申（もう）します。いつもお世話（せわ）になっております。
告知要找的人：恐（おそ）れ入（い）りますが、営業部（えいぎょうぶ）の中山（なかやま）さんをお願（ねが）いします。
跟當事人打招呼：ご無沙汰（ぶさた）しております。
簡潔說出要件：本日（ほんじつ）は納品（のうひん）の件（けん）のためお電話（でんわ）しました。
最後再做確認：それでは、…ということでよろしいですね。
最後的致意寒暄：お忙（いそが）しいところ、どうもありがとうございました。失礼（しつれい）します。

(2)

コンサート会場に、次の案内がはってありました。

コンサートをきくときのご注意

◆ 席についたら、携帯電話などはお切りください。
◆ 会場内で、次のことをしてはいけません。
　▷ カメラ・ビデオカメラなどで会場内を写すこと。
　▷ 音楽を録音*すること。
　▷ 自分の席をはなれて歩き回ったり、椅子の上に立ったりすること。

＊録音：音楽などをテープなどにとること。

27 この案内から、コンサート会場についてわかることは何ですか。

1　携帯電話は、持って入ってはいけないということ。
2　あいていれば席は自由に変わっていいということ。
3　写真をとるのは、かまわないということ。
4　ビデオカメラを使うのは、だめだということ。

單字》

》**会場** 會場
》**注意** 注意，小心
》**席** 座位；職位
》**携帯電話** 手機，行動電話
》**写す** 照相；描寫；描繪；抄
》**回る** 走動；轉動；旋轉；繞道；轉移

▶翻譯

音樂會的會場張貼了以下的告示：

聆聽音樂會時的注意事項

◆ 找到座位後，請關閉手機電源。
◆ 會場內禁止以下事項：
　・使用相機、攝影機等器材在會場內拍攝。
　・錄音*。
　・離開座位到處走動，或站在椅子上。

＊錄音：將音樂或其他聲音以磁帶等方式收錄。

[27] 關於音樂會會場，從注意事項中可以知道什麼事？

1　不能攜帶手機進入會場。
2　只要有空位就可以自由更換座位。
3　可以拍攝。
4　禁止使用攝影機。

題解　日文解題／解題中譯　　　　　　　　答案是 ❹

答えは４。会場内でしてはいけないこと、として「カメラ・ビデオカメラなどで…写すこと」とある。「カメラで写す」と選択肢４の「カメラを使う」は同じ。

《他の選択肢》
1 案内に「携帯電話などはお切りください」とある。これは電源を切るように注意しているもので、会場に持って入ってはいけないとは言っていない。
2 「席を自由に変わっていい」とは書いていない。
3 「〜をするのは、かまわない」とは、「〜してもいい」という意味。

正確答案是4。根據文章，不能在會場內做的事情是「カメラ・ビデオカメラなどで…写すこと」(使用相機、攝影機等器材…拍攝)。「カメラで写す」(用相機拍攝)和選項4「カメラを使う」(使用相機)意思相同。

《其他選項》
1 通知上寫「携帯電話などはお切りください」(請關閉手機電源)。這是請觀眾注意將電源關閉的意思，並沒有說不能將手機帶進會場。
2 沒有提及「席を自由に変わっていい」(可以自由更換座位)。
3 「〜をするのは、かまわない」(做…是沒有關係的) 是「〜してもいい」(做…也可以) 的意思。

Grammar		
お＋名詞、 ご＋名詞 表示尊重，敬愛	つまらない物ですが、ご結婚のお祝いです。 ご＋名詞 這是結婚的賀禮，只不過是一點小小的心意。	
〜てはいけない 不准…，不許…， 不要…	人の失敗を笑ってはいけない。 動詞て形＋はいけない 不可以嘲笑別人的失敗。	
〜こと 形式名詞	会社を辞めたことを、まだ家族に話していない。 動詞普通形＋こと 還沒有告訴家人已經向公司辭職的事。	

学習能力を2倍にする

暮らしと文化

Lifestyle in Japan

音樂大會

日本的夏天熱鬧非凡，不僅各地都有祭典和煙火大會，還有知名的音樂祭如新潟縣的戶外型音樂會 FUJI Rock festival、關東及關西皆可參加的都市型音樂會 Summer sonic，以及主打日本音樂的 Rock in Japan festival 可以一同共襄盛舉。

● **看音樂會會用到的句子**

❶ 演奏(えんそう)とてもすごかったですね。（演奏實在太棒啦！）
❷ ええ、とても感動(かんどう)しました。（是啊！太叫人感動了。）
❸ このバンドは人気(にんき)があります。（這個樂團很有人氣喔！）
❹ ホール内(ない)でのご飲食(いんしょく)はご遠慮(えんりょ)ください。（會場內請不要吃東西。）

除了追星聽演唱會之外，也可以去欣賞由日本音樂家演出的音樂大會。有各種不同的搖滾音樂家、通宵達旦的音樂會、伊豆的舞蹈音樂大會。另外像是寶塚、歌舞伎都很值得一看。

(3)

ホーさんに、香川先生から次のようなメールが来ました。

ホーさん

　明日の授業は、テキストの55ページからですが、新しく入ってきたグエンさんのテキストがまだ来ていません。
　すみませんが、55～60ページをコピーして、グエンさんに渡しておいてください。

香川

|28| ホーさんは、どうすればいいですか。
1　55～60ページのコピーを香川先生にとどけます。
2　55～60ページのコピーをしてグエンさんに渡します。
3　55ページのコピーをして、みんなに渡します。
4　新しいテキストをグエンさんに渡します。

單字

- メール【mail】電子郵件；信息；郵件
- テキスト【text】教科書
- 届ける 送達；送交；申報，報告
- 皆 大家，所有的

翻譯

香川老師寄了以下這封信給何同學。

何同學

　明天的課程是從課本第55頁開始，但是新同學關小姐的課本還沒送到。
　不好意思，麻煩複印第55～60頁後轉交關小姐。

香川

[28] 何同學該怎麼做？

1　將複印的 55 至 60 頁交給香川老師。
2　複印 55 至 60 頁後轉交關小姐。
3　複印第 55 頁後轉交給大家。
4　將新課本交給關小姐。

題解　日文解題／解題中譯　　　　　答案是 ❷

答えは 2。「55 〜 60 ページのコピーをして、グエンさんに渡しておいてください」とある。「(動詞て形) ておきます」は準備を表す。
例・友達が来る前に、部屋を掃除しておきます。
問題文は、明日の授業の前に準備するように言っている。

正確答案是 2。文中寫道「55 〜 60 ページのコピーをして、グエンさんに渡しておいてください」(麻煩複印第 55 〜 60 頁後轉交關小姐)。「(動詞て形) ておきます」表事先準備。
例：朋友來之前，先打掃房間。
可知題目是說在明天上課之前先做準備。

Grammar

〜が
動作或狀態的主體

雨が降っています。
　名詞＋が
正在下雨。

Lifestyle in Japan

暮らしと文化 — 学習能力を2倍にする

日本學生上下學

在日本經常會看到小學生走路上學的情景，事實上日本學校都有規畫完整的通學路，並編排好路線，讓學生們組成路隊一起上下學。安全完善的規劃加上日本良好的交通禮儀及治安，得以讓學生們從低年級就養成獨立的能力。

● **打招呼聊天會用到的句子**

❶ おはよう。（早！）

❷ さようなら。（再見。）

❸ 何組になった？（分到幾班了？）
　なんくみ

❹ お気をつけて、いってらっしゃい。（路上小心啊！）
　　き

日本社區大約5點左右，便會響起提醒孩子們回家的廣播，稱為「5時のチャイム」或「夕焼けチャイム」，最常聽見的歌曲「夕焼け小焼け」對日本人而言是從小陪伴自己長大的曲子。而播放廣播還有確認廣播系統正常的功能，以確保緊急時刻能夠使用，是不是一舉兩得呢？

(4)

シンさんは、J旅行会社で働いています。お客からいろいろな話を聞いて、その人に合う旅行の計画を紹介します。また、電車や飛行機、ホテルなどが空いているかを調べ、切符をとったり予約をしたりします。

[29] シンさんの仕事ではないものはどれですか。

1 旅行に一緒に行って案内します。
2 お客に合う旅行を紹介します。
3 飛行機の席が空いているか調べます。
4 ホテルを予約します。

單字》

- **合う** 符合；一致，合適；相配；合；正確
- **計画** 計畫
- **紹介** 介紹
- **空く** 空著；(職位)空缺；空隙；閒著；有空
- **調べる** 查閱，調查；檢查；搜查
- **予約** 預約

》翻譯

秦先生在J旅行社工作。他的工作內容包括聽取客人的各種需求，並向對方介紹適合的行程。另外，他也要負責查詢電車班次和飛機航班的空位以及旅館的空房，並且訂票或訂房。

[29] 下列何者不是秦先生的工作？

1 和客人一起去旅行並陪同遊覽
2 介紹適合客人的行程
3 查詢飛機航班的空位
4 訂旅館

題解 日文解題／解題中譯   答案是 ①

答えは1。「旅行に一緒に行く」とは書いていない。
《他の選択肢》
2「その人に合う旅行の計画を紹介します」。
3「電車や飛行機…が空いているかを調べ…」。
4「（電車や飛行機の）切符を取ったり、（ホテルなどの）予約をしたりします」。

正確答案是1。沒有提到「旅行に一緒に行く」(一起去旅行)。
《其他選項》
2 文中有「その人に合う旅行の計画を紹介します」(向對方介紹適合的行程)。
3 文中有「電車や飛行機…が空いているかを調べ…」(查詢電車班次和飛機航班的空位)。
4 文中有「(電車や飛行機の)切符を取ったり、(ホテルなどの)予約をしたりします」(訂票或訂房)。

Grammar

〜たり〜たり
或…或…

休みの日は、掃除をしたり洗濯をしたりする。
（動詞た形＋り＋動詞た形＋り＋する）
假日又是打掃、又是洗衣服等等。

問題五 翻譯與題解

第5大題　請閱讀下列文章，並回答問題。請從選項1、2、3、4中，選出一個最適當的答案。

　　わたしが家から駅に向かって歩いていると、交差点の前で困ったように立っている男の人がいました。わたしは「何かわからないことがあるのですか。」とたずねました。すると彼は「僕はこの町にはじめて来たのですが、道がわからないので、①困っていたところです。映画館はどちらにありますか。」と言います。

　　わたしは「②ここは、駅の北側ですが、③映画館は、ここと反対の南側にありますよ。」と答えました。彼は「そうですか。そこまでどれくらいかかりますか。」と聞きます。わたしが「それほど遠くはありませんよ。ここから駅までは歩いて5分くらいです。そこから映画館までは、だいたい3分くらいで着きます。映画館の近くには大きなスーパーやレストランなどもありますよ。」と言うと、彼は「ありがとう。よくわかりました。お礼に④これを差し上げます。ぼくが仕事で作ったものです。」と言って、1冊の本をかばんから出し、わたしにくれました。見ると、それは、隣の町を紹介した雑誌でした。

　　わたしは「ありがとう。」と言ってそれをもらい、電車の中でその雑誌を読もうと思いながら駅に向かいました。

單字》

- **向かう** 前往；面向
- **たずねる** 問，打聽；詢問
- **僕** 我（男性用）
- **反対** 相反；反對
- **彼** 他；男朋友
- **そう** 那樣，這樣；是
- **ほど** …的程度；限度；越…越…
- **遠く** 遠處；很遠
- **だいたい** 大致，大概；大部分
- **大きな** 大，大的
- **スーパー【supermarket之略】** 超級市場
- **差し上げる** 給（「あげる」的謙讓語）

> **翻譯**

　　從家裡走到車站的路上，我看到一個面露愁色的男人站在十字路口。我問了他：「有什麼困擾嗎？」他回答：「我第一次來這地方，不認得路，①<u>不知道該怎麼辦，請問電影院在哪裡？</u>」

　　我告訴他：「②<u>這裡是車站的北側</u>，③<u>電影院在相反方向的南側喔。</u>」他又問：「這樣啊。那麼到那邊要多久呢？」「不遠呀，從這裡走到車站大約5分鐘，繼續前往電影院差不多3分鐘就到了。電影院附近還有大型超市和餐廳喔。」聽我講完以後，他說：「謝謝，這樣我很清楚該怎麼走了。④<u>這個送給你當作謝禮，這是我工作的成品。</u>」他說著，從提包裡拿出一本書給我。仔細一看，是一本介紹隔壁城鎮的雜誌。

　　我向他說聲：「謝謝！」並且收了下來。走向車站時心想，等會可以在電車上看那本雜誌。

> **もんだい**

30 なぜ彼は①困っていたのですか。
1　映画館への道がわからなかったから
2　交差点をわたっていいかどうか、わからなかったから
3　スーパーやレストランがどこにあるか、わからなかったから
4　だれにきいても道を教えてくれなかったから

▶翻譯

[30] 為什麼他①不知道該怎麼辦？
1 因為不知道去電影院的路
2 因為不知道該不該過十字路口
3 因為不知道超市和餐廳在哪裡
4 因為不管問誰，都沒有人告訴他該怎麼走

題解 日文解題／解題中譯　　　　　　　　答案是 ①

答えは1。直前に「道がわからないので」とある。「ので」は原因・理由を表す。また、後に「映画館はどちらにありますか」とある。この二つから、1が正解と分かる。

> 正確答案是1。"困っていた"的前一句寫道「道がわからないので」(因為不認得路)。「ので」表示原因、理由。並且下一句又問「映画館はどちらにありますか」(電影院在哪裡)，因此從這二個線索知道1是正確答案。

もんだい

[31] ②ここはどこですか。
1 駅の南側で、駅まで歩いて5分のところ
2 駅の北側で、駅まで歩いて3分のところ
3 駅の北側で、駅まで歩いて5分のところ
4 駅の南側で、駅まで歩いて8分のところ

> **翻譯**

[31] ②這裡是哪裡？
 1　車站的南側，走到車站大約 5 分鐘的地方
 2　車站的北側，走到車站大約 3 分鐘的地方
 3　車站的北側，走到車站大約 5 分鐘的地方
 4　車站的南側，走到車站大約 8 分鐘的地方

題解　日文解題／解題中譯　　　　　　　　　　　　　　　答案是 **3**

答えは3。「ここは、駅の北側ですが」とある。また、「ここから駅までは歩いて5分くらいです」とあるので、3が正解。

正確答案是 3。文中寫道「ここは、駅の北側ですが」(這裡是車站的北側)。又「ここから駅までは歩いて 5 分くらいです」(從這裡走到車站大約 5 分鐘)，因此 3 是正確答案。

> **もんだい**

32 ③映画館は駅から歩いて何分ぐらいですか。
 1　5分　　　　　　2　3分
 3　8分　　　　　　4　16分

> **翻譯**

[32] 從車站到③電影院要走多久？
 1　5分鐘　　　　　2　3分鐘
 3　8分鐘　　　　　4　16分鐘

題解 日文解題／解題中譯　　　答案是 ②

答えは 2。「ここから駅までは歩いて 5 分くらいです。そこから映画館までは、だいたい 3 分くらいで着きます」とある。「そこから」の「そこ」は直前の文にある「駅」のこと。駅から映画館までは、だいたい 3 分と言っている。

> 正確答案是 2。文中寫道「ここから駅までは歩いて 5 分くらいです。そこから映画館までは、だいたい 3 分くらいで着きます」（從這裡走到車站大約 5 分鐘，繼續前往電影院差不多 3 分鐘就到了）。「そこから」的「そこ」是指前一句的「駅」（車站），意思是從車站走到電影院大約 3 分鐘左右。

もんだい

[33] ④これとは、何でしたか。
1　映画館までの地図
2　映画館の近くの地図
3　隣の町を紹介した雑誌
4　スーパーやレストランの紹介

翻譯

[33] ④這個指的是什麼？
1　到電影院的地圖
2　電影院附近的地圖
3　介紹隔壁城鎮的雜誌
4　超市和餐廳的介紹

題解　日文解題／解題中譯　　　答案是 ③

答えは3。「『これを差し上げます』と言って、1冊の本を…私にくれました」「それは、隣町を紹介した雑誌でした」とある。

「これ」と「それ」は同じものを指している。「差し上げる」は「あげる」の謙譲表現。

> 正確答案是3。文中寫道「『これを差し上げます』と言って、1冊の本を…私にくれました」(說『這個送給你』、給了我一本書)、「それは、隣町を紹介した雑誌でした」(那是介紹隔壁城鎮的雜誌)。
>
> 「これ」和「それ」是指同一件物品。「差し上げる」是「あげる」的謙讓說法。

Grammar

～ていたところだ （當時）正…	今から勉強しようと思っていたところです。 （動詞て形＋いたところだ） 正打算現在開始用功讀書。
（よ）うと思う …我打算…；我要…； 我不打算…	お正月は北海道へスキーに行こうと思います。 （動詞意向形＋（よ）うとおもう） 年節期間打算去北海道滑雪。

144

使用法の比較

問題解決の秘訣

ているところだ、ところだ

「ところだ」可用來表示做某事的時間點，依據前接的詞態不同，而表示不同時點。

ているところだ

ところだ

- **ているところだ**
  表示正在進行某動作，也就是動作、變化處於正在進行的階段。

- **ところだ**
  前接動詞辭書形，表示將要進行某動作，也就是動作、變化處於開始之前的階段。

Practice

練習 請翻譯下列句子：

❶ 總經理目前正在裡面的房間和銀行人員會談。（社長・今・奥の部屋・銀行の人・会う）

----

❷ 現在正準備爬山。（今から・山・登る）

參考解答
1. 社長は今、奥の部屋で銀行の人と会っているところです。
2. 今から山に登るところだ。

問題六 翻譯與題解

第6大題 請閱讀右頁的「△△町的垃圾收運方式」，並回答下列問題。請從選項1、2、3、4中，選出一個最適當的答案。

△△町のごみの出し方について

△△町のごみは、次の日に集めにきます。ごみを下の例のように分けて、それぞれ決まった時間・場所に出してください。

【集めにくる日】

曜日	ごみのしゅるい
月曜	燃えるごみ
火曜	プラスチック
水曜（第1・第3のみ）	燃えないごみ
木曜	燃えるごみ
金曜	古紙＊・古着＊ 第1・第3…あきびん・かん 第2・第4…ペットボトル

○ 集める日の朝8時までに、出してください。

【ごみの分け方の例】

たとえば、左側の例のごみは、右側のごみの日に出します。

ごみの例	どのごみの日に出すか
料理で出た生ごみ	燃えるごみ
本・服	古紙・古着
割れたお皿やコップなど	燃えないごみ
ラップ	プラスチック

＊古紙：古い新聞紙など。
＊古着：古くなって着られなくなった服。

單字

- 町 鎮
- ごみ 垃圾
- 方 …方法
- 集める 收集；集合；集中
- 決まる 規定；決定；決定勝負
- 燃えるごみ 可燃垃圾
- たとえば 例如
- 生ごみ 廚餘
- 割れる 破掉，破裂；分裂；暴露；整除
- ラップ【wrap】 保鮮膜；包裝，包裹
- なるべく 盡量，盡可能

>> 翻譯

△△町的垃圾收運方式

△△町的垃圾依照以下日程收運。請按照下述規定將垃圾分類，並於規定的時間及地點丟棄。

【收運垃圾日程】

星期	垃圾種類
星期一	可燃垃圾
星期二	塑膠類
星期三（限第一、第三週）	不可燃垃圾
星期四	可燃垃圾
星期五	廢紙*、舊衣* 第一、第三週…空瓶、空罐 第二、第四週…保特瓶

○ 請在收運日上午8點之前將垃圾拿出來丟棄。

【垃圾分類的範例】

舉例說明，左欄列舉的垃圾，請於右欄標注的垃圾收運日丟棄。

垃圾舉例	該在哪一種垃圾收運日丟棄
廚餘	可燃垃圾
書、衣物	廢紙、舊衣
破損的盤子或杯子等	不可燃垃圾
保鮮膜	塑膠類

＊廢紙：舊報紙等。
＊舊衣：無法穿戴的陳舊衣物。

もんだい

34 △△町に住むダニエルさんは、日曜日に、友だちとパーティーをしました。料理で出た生ごみをなるべく早くだすには、何曜日に出せばよいですか。

1　月曜日　2　火曜日　3　木曜日　4　金曜日

▶翻譯

[34] 住在△△町的丹尼爾先生星期日和朋友一起開了派對。希望能盡早丟掉廚餘，他應該在星期幾丟？

1　星期一　2　星期二　3　星期四　4　星期五

題解　日文解題／解題中譯　　　　　　　　　　答案是 **1**

答えは1。下の表【ごみの分け方の例】を見ると、「料理で出た生ごみ」は「燃えるごみ」の日に出すことが分かる。上の表【集めにくる日】から、日曜日に近い「燃えるごみ」の日は、月曜日。

> 正確答案是1。由下表【垃圾分類的範例】可知，「料理で出た生ごみ」(廚餘)要在「燃えるごみ」(可燃垃圾)的收運日丟棄。並由上表【收運垃圾日程】可知，離星期日最近的、回收可燃垃圾的日子是星期一。

もんだい

35 ダニエルさんは、料理で使ったラップと、古い本をすてたいと思っています。どのようにしたら、よいですか。

1　ラップは水曜日に出し、本は市に電話して取りにきてもらう。
2　ラップも本も金曜日に出す。

3　ラップは月曜日に出し、本は金曜日に出す。
4　ラップは火曜日に出し、本は金曜日に出す。

▶翻譯

[35] 丹尼爾先生想丟掉包過食物的保鮮膜和舊書。他該怎麼做？

1　保鮮膜在星期三丟棄，書要打電話給市政府請人來收。
2　保鮮膜和書都在星期五丟棄。
3　保鮮膜在星期一丟棄，書在星期五丟棄。
4　保鮮膜在星期二丟棄，書在星期五丟棄。

題解　日文解題／解題中譯　　答案是 ４

答えは４。下の表【ごみの分け方の例】で、「ラップ」は「プラスチック」の日、「本」は「古紙・古着」の日と分かる。上の表【集めにくる日】から、「プラスチック」は火曜日、「古紙・古着」は金曜日と分かる。

> 正確答案是４。由下表【垃圾分類的範例】可知，「ラップ」（保鮮膜）要在「プラスチック」（塑膠類）的日子丟棄，「本」（書）則要在「古紙・古着」（廢紙、舊衣）的日子丟棄。並由上表【收運垃圾日程】可知，「プラスチック」（塑膠類）是星期二、「古紙・古着」（廢紙、舊衣）是星期五。

Grammar

〜について
有關…，就…，關於…

私は、日本酒については詳しいです。
　　　　名詞＋について
我對日本酒知之甚詳。

（ら）れる
能…，可以…

漢字を１日100個も、覚えられるはずがない。
　　　　　　　　　　動詞可能形＋られる
怎麼可能每天背下一百個漢字呢！

暮らしと文化

学習能力を2倍にする

Lifestyle in Japan

垃圾分類

日本為了徹底分清垃圾的種類，倒垃圾都使用專用透明塑膠垃圾袋。至於大宗垃圾如冰箱、電視機等，就必須通知資源回收中心來回收，並且要付一定的費用哦！

● 倒垃圾會用到的句子

❶ ゴミの出し方を教えてください。（請告訴我什麼時候扔垃圾。）
❷ 燃えるゴミは月、水、金です。（星期一、三、五扔可燃垃圾。）
❸ 燃えないゴミって何ですか。（什麼是不可燃垃圾？）
❹ ゴミは分別して出してください。（垃圾請分類丟。）

日本請垃圾隊處理大型家具的費用相當昂貴，即使在換新家具時請店家回收舊家具也要付上一筆費用，因此比起丟棄，不少人會選擇賣出或轉送的方式，例如透過臉書上的中文社團、日本二手交易平台或找日本二手業者等等。

專欄

主題單字

休閒、旅遊

遊び（あそび）	遊玩；不做事
小鳥（ことり）	小鳥
珍しい（めずらしい）	少見，稀奇
釣る（つる）	釣魚；引誘
予約（よやく）	預約
出発（しゅっぱつ）	出發；開始
案内（あんない）	引導；陪同遊覽
見物（けんぶつ）	觀光，參觀
楽しむ（たのしむ）	享受；期待
景色（けしき）	景色，風景
見える（みえる）	看見；看得見
旅館（りょかん）	旅館
泊まる（とまる）	住宿；停泊
お土産（おみやげ）	當地名產；禮物

藝文活動

趣味（しゅみ）	嗜好；趣味
興味（きょうみ）	興趣
番組（ばんぐみ）	節目
展覧会（てんらんかい）	展覽會
花見（はなみ）	賞花
人形（にんぎょう）	洋娃娃，人偶
ピアノ【piano】	鋼琴
コンサート【concert】	音樂會
ラップ【rap】	饒舌樂，饒舌歌
音（おと）	聲音；音訊
聞こえる（きこえる）	聽得見；聽起來像…
写す（うつす）	抄；照相
踊り（おどり）	舞蹈
踊る（おどる）	跳舞；不平穩
うまい	拿手；好吃

文法比一比

■ てほしい vs. がほしい

てほしい／希望…，想…
說明「動詞て形＋ほしい」表示說話人希望對方能做某件事情，或是提出要求。
例句 私（わたし）だけを愛（あい）してほしいです。／希望你只愛我一個。

がほしい／…想要…
說明 表示自己想要把什麼東西弄到手，想要把什麼東西變成自己的，希望得到某物的句型。「ほしい」是表示感情的形容詞。
例句 あなたの心（こころ）がほしいです。／我想要你的心。

◎「希望」大不同？
「てほしい」用在希望對方能夠那樣做；「がほしい」用在說話人希望得到某個東西。

■ てはいけない vs. な（禁止）

てはいけない／不准…，不許…，不要…
說明 表示禁止，基於某種理由、規則，要求對方不能做某事，由於說法直接，所以常用在上司對部下、長輩對晚輩。
例句 そんな悪（わる）いことばを使（つか）ってはいけません。／不可以講那種難聽的話。

な（禁止）／不准…，不要…
說明 表示禁止，命令對方不要做某事。說法比較粗魯，一般用在對孩子或親友身上。也用在遇到緊急狀況或吵架的時候。
例句 廊下（ろうか）を走（はし）るな。／不准在走廊上奔跑！

◎ 都是「禁止」，但接續、語氣大不同
「てはいけない」、「な」都表示禁止，但「てはいけない」前面接動詞て形；「な」前面接動詞終止形，語氣比「てはいけない」強烈、粗魯、沒禮貌。

■ について vs. に対して

について／有關…，就…，關於…
說明 表示前項先提出一個話題，後項再針對這個話題進行說明。
例句 日本のアニメについて研究しています。／我正在研究日本的卡通。

に対して／向…，對（於）…
說明 表示動作、感情施予的對象，有時候可以置換成「に」。
例句 彼の考えに対して、私は反対意見を述べた。／對於他的想法，我陳述了反對的意見。

◎ 哪個是「關於」，哪個是「對於」？
「について」用來提示話題，再作說明；「に対して」表示動作施予的對象。

■ （よ）う vs. つもりだ

（よ）う／…吧
說明 表示說話人的個人意志行為，準備做某件事情，或是用來提議、邀請別人一起做某件事情。
例句 お茶でも飲もう。／我來喝杯茶吧。

つもりだ／打算…，準備…
說明 表示說話人的意志、預定、計畫等，也可以表示第三人稱的意志。說話人的打算是從之前就有，且意志堅定。
例句 ブログを始めるつもりだ。／我打算開始寫部落格。

◎ 「意志」的說法哪裡不同？
「（よ）う」表示說話人要做某事，也可用在邀請別人一起做某事；「つもりだ」表示某人打算做某事的計畫。主語除了說話人以外，也可用在第三人稱。請注意，如果是馬上要做的計畫，不能使用「つもりだ」。

第四回

問題四 翻譯與題解

第4大題 請閱讀下列（1）～（4）的文章，並回答問題。請從選項1、2、3、4中，選出一個最適當的答案。

（1）
研究室のカンさんのつくえの上に、次の手紙が置かれています。

カンさん

先週、いなかに帰ったら、おみやげにりんごジャムを持っていくようにと、母に言われました。母が作ったそうです。カンさんとシュウさんにさしあげて、と言っていました。研究室の冷蔵庫に入れておいたので、持って帰ってください。

高橋

---

26 カンさんは、どうしますか。

1 いなかで買ったおかしを持って帰ります。
2 冷蔵庫のりんごジャムを、持って帰ります。
3 冷蔵庫のりんごをシュウさんにわたします。
4 冷蔵庫のりんごを持って帰ります。

單字》
» 研究室 研究室
» いなか 鄉下，農村；故鄉，老家
» おみやげ 禮物；當地名產
» ジャム【jam】果醬
» 差し上げる 給（「あげる」的謙讓語）

> **翻譯**

韓先生的研究室桌上放著以下這封信：

韓先生

　　上星期回鄉下，家母要我把蘋果醬帶回來和大家分享。這是家母做的。家母還交代了要送給韓先生和周先生。我放在研究室的冰箱，請帶回去。

高橋

[26] 韓先生該怎麼做？

1 把在鄉下買的糕點帶回去。
2 把冰箱裡的蘋果醬帶回去。
3 把冰箱裡的蘋果交給周先生。
4 把冰箱裡的蘋果帶回去。

題解 日文解題／解題中譯　　答案是 ❷

答えは2。「研究室の冷蔵庫に入れておいたので、持って帰ってください」とある。

冷蔵庫にあるのは、高橋さんのお母さんが作った、りんごジャム。りんごジャムは「おみやげ」で、「カンさんとシュウさんにさしあげて」とお母さんが言ったとある。

《他の選択肢》

1 「おかし」ではない。
3 「シュウさんにわたして」とは言っていない。
4 「りんご」ではない。

正確答案是 2。文中寫道「研究室の冷蔵庫に入れておいたので、持って帰ってください」(我放在研究室的冰箱，請帶回去)。

在冰箱裡的是高橋先生的媽媽做的蘋果醬，蘋果醬是媽媽交代要「送給韓先生和周先生」的「禮物」。

《其他選項》

1 不是「おかし」(糕點)。

3 並沒有提到要韓先生「シュウさんにわたして」(交給周先生)。

4 不是「りんご」(蘋果)。

Grammar

～ていく …去，…走	電車がどんどん遠くへ離れていく。 　　　　　　　　　　　　└ 動詞て形＋いく 電車漸漸遠離而去。
～ように 要…；以便…，為了…	月曜日までに作文を書いてくるように。 　　　　　　　　　　　　└ 動詞辭書形＋ように 記得在星期一之前要把作文寫完交來。
そうです 聽說…，據說…	彼の話では、桜子さんは離婚したそうだよ。 　　　　　　　　　　　　└ 動詞普通形＋そうだ 聽他說櫻子小姐離婚了。
差し上げる 給予…，給…	私は社長に資料をさしあげた。 　　　　　　　　　　　└ 名詞＋助詞＋さしあげる 我呈上資料給社長。

Lifestyle in Japan

暮らしと文化 (学習能力を2倍にする)

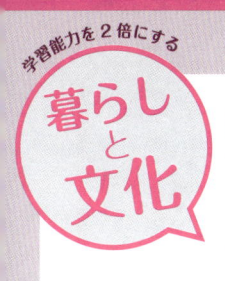

送禮

送禮是日本人表達謝意的方式之一，他們可以算是從年頭到年尾都在送禮的民族。根據調查，日本人普遍喜歡收到較實用的禮物，例如罐頭、海鮮、醬菜、飲品及水果等食品類，其他像是禮券、清潔劑、酒類等也廣受歡迎。不過雖然如此，送禮最重要的還是讓對方感受到你的心意哦！

● 買伴手禮會用到的句子

❶ お土産(みやげ)にいいのはありますか。（有沒有適合送人的名產？）

❷ このお菓子(かし)はおいしそうです。（這點心看起來很好吃。）

❸ 別々(べつべつ)に包(つつ)んでください。（請分開包裝。）

❹ この饅頭(まんじゅう)をください。（請給我這饅頭。）

給日本朋友的伴手禮還沒挑好嗎？以下推薦幾款廣受日本人喜愛的台灣伴手禮，如台灣茶、台灣風雜貨（客家風杯墊、刺繡零錢包等）、乾果類、調味料、鳳梨酥、泡麵、月餅、漢藥、茶具等！

(2)

動物園の入り口に、次の案内がはってありました。

動物園からのご案内

◆ 動物がおどろきますので、音や光の出るカメラで写真を撮らないでください。
◆ 動物に食べ物をやらないでください。
◆ ごみは家に持って帰ってください。
◆ 犬やねこなどのペットを連れて、動物園の中に入ることはできません。
◆ ボール、野球の道具などを持って入ることはできません。

---

27 この案内から、動物園についてわかることは何ですか。

1 音や光が出ないカメラなら写真をとってもよい。
2 ごみは、決まったごみ箱にすてなければならない。
3 のこったおべんとうを、動物に食べさせてもよい。
4 ペットの小さい犬といっしょに入ってもよい。

▶翻譯

動物園的入口處張貼了以下公告：

動物園公告

- ◆ 為避免動物受到驚嚇，拍照時請勿讓相機發出聲響或閃光。
- ◆ 請勿餵食動物。
- ◆ 請將垃圾帶回家。
- ◆ 禁止攜帶狗或貓等寵物入園。
- ◆ 禁止攜帶球類、棒球等器材入園。

[27] 關於動物園，從公告中可以知道什麼？

1. 如果是沒有聲響或閃光的相機就可以拍照。
2. 垃圾必須扔在指定的垃圾桶。
3. 可以用吃剩的便當餵食動物。
4. 可以和寵物小型犬一起入園。

題解 日文解題／解題中譯　　　　答案是 **1**

答えは1。「音や光の出るカメラで写真を撮らないでください」とある。「音や光が出ないカメラなら」いいと考えられる。

《他の選択肢》

2 「ごみは家に持って帰ってください」とある。
3 「動物に食べ物をやらないでください」とある。
4 「犬やねこなどのペットを連れて…入ることはできません」とある。

正確答案是1。「音や光の出るカメラで写真を撮らないでください」(拍照時請勿讓相機發出聲響或閃光)。所以「音や光が出ないカメラなら」(如果是沒有聲音或閃光的相機) 可以使用。

《其他選項》

2 文中寫道「ごみは家に持って帰ってください」(請將垃圾帶回家)。

3 文中寫道「動物に食べ物をやらないでください」(請勿餵食動物)。

4 文中寫道「犬やねこなどのペットを連れて…入ることはできません」(禁止攜帶狗或貓等寵物入園)。

Grammar

～てもいい …也行，可以…	今日はもう帰ってもいいよ。 〈動詞て形＋もいい〉 今天你可以回去囉！ 窓を開けてもいいでしょうか。 〈動詞て形＋もいい〉 可以打開窗戶嗎？
～なければならない 必須…，應該…	大人は子供を守らなければならないよ。 〈動詞否定形＋なければならない〉 大人應該要保護小孩呀！ パスポートの申請は、本人が来なければなんませんか。 〈動詞否定形＋なければならない〉 請問申辦護照一定要由本人親自到場辦理嗎？
お＋名詞、ご＋名詞 表示尊重，敬愛	お菓子を召し上がりませんか。 〈お＋名詞〉 要不要吃一些點心呢？ 息子さんのお名前をえでください。 〈お＋名詞〉 請教令郎大名。

(3)

　これは、田中課長からチャンさんに届いたメールです。

チャンさん

　Ｓ貿易の社長さんが、3日の午後1時に来られます。応接間が空いているかどうか調べて、空いていなかったら会議室を用意しておいてください。うちの会社からは、山田部長とわたしが出席することになっています。チャンさんも出席して、最近の会社の仕事について説明できるように準備しておいてください。

田中

28　チャンさんは、最近の会社の仕事について書いたものを用意しようと思っています。何人分、用意すればよいですか。

1　二人分　　　　2　三人分
3　四人分　　　　4　五人分

單字》》
- **貿易** 國際貿易
- **社長** 社長
- **応接間** 會客室；客廳
- **会議室** 會議室
- **用意** 準備；注意
- **部長** 部長
- **出席** 出席
- **最近** 最近
- **説明** 說明

》翻譯

　這是田中課長寄給張先生的信：

張先生

　Ｓ貿易的社長將於3號下午1點蒞臨。請確認會客室是否可借用，若已被借走請預借會議室。我們公司將由山田部長和我出席。張先生也請列席，並準備公司近期工作項目的簡報。

田中

[28] 張先生要準備近期工作項目的簡報。他應該準備幾人份？

1　二人份
2　三人份
3　四人份
4　五人份

題解　日文解題／解題中譯　　答案是 3

答えは 3 。チャンさんのほかに、S 貿易の社長さんと、山田部長と田中さんの三人分。

正確答案是 3。除了張先生之外，還有 S 貿易的社長、山田部長和田中先生三人分。

Grammar		
（ら）れる 作為尊敬助動詞	金沢に来られたのは初めてですか。 　　カ變動詞被動形＋られる 您是第一次來到金澤嗎？	
〜たら 要是…；如果要是… 了，…了的話	雨が降ったら、運動会は 1 週間延びます。 　　　動詞た形＋ら 如果下雨的話，運動會將延後一週舉行。	
	宿題が終わったら、遊びに行ってまいいですよ。 　　　　動詞た形＋ら 等到功課寫完了，就可以出去玩了喔。	

使用法の比較 — 問題解決の秘訣

What are the differences?

てください、てほしい

遇到「メール」、「手紙」的題型，請注意關鍵句「てください」、「てほしい」，指示多半藏在這些句子裡面！這裡另外再比較一下與「てほしい」很像的「がほしい」。

～てほしい ❶

～がほしい ❷

◉ ～てほしい
表示說話者希望對方能做某件事，或是提出要求。例：怒らないでほしい（我希望你不要生氣）。

◉ ～がほしい
表示說話人（第一人稱）想要把什麼東西弄到手，想要把什麼東西變成自己的，希望得到某物的句型。「ほしい」是表示感情的形容詞。希望得到的東西，用「が」來表示。疑問句時表示聽話者的希望。

Practice

練習 請選出正確的選項：

❶ 給料を　（a. 上げて　　b. 上げる）　ほしい。

❷ 私は自分の部屋が　（a. くれる　　b. ほしい）　です。

解答　1. a.　2. b.

(4)

山田さんは大学生になったので、アルバイトを始めました。スーパーのレジの仕事です。なれないので、レジを打つのがほかの人より遅いため、いつもお客さんに叱られます。

29 山田さんがお客さんに言われるのは、たとえばどういうことですか。

1 「なれないので、たいへんね。」
2 「いつもありがとう。」
3 「早くしてよ。遅いわよ。」
4 「間違えないようにしなさい。」

單字》

- **大学生** 大學生
- **アルバイト【(德) arbeit 之略】** 打工，副業
- **スーパー【supermarket 之略】** 超級市場
- **レジ【register 之略】** 收銀台
- **慣れる** 習慣；熟悉
- **ため** (表原因)因為；(表目的)為了
- **しかる** 責備，責罵

翻譯

山田同學上大學了，所以開始打工。他的工作是在超市的收銀櫃臺。由於動作還不熟練，結帳速度比其他店員慢，總是遭到客人的責備。

[29] 客人可能對山田先生說什麼呢？

1 「因為還不熟練，真是辛苦啊。」
2 「一直以來謝謝你。」
3 「請快一點。好慢哦。」
4 「請不要弄錯。」

題解 日文解題／解題中譯　　答案是 ❸

答えは3。「レジを打つのが…遅いため、いつもお客さんに叱られます」とある。「叱られる」は「叱る」の受身形。「叱られる」の

は山田さん。「遅いため」は、山田さんがお客さんに叱られる理由を説明している。

「レジを打つ」とは、スーパーで買い物した商品の料金を計算する仕事のこと。

《他の選択肢》

1の「大変ね」と2の「ありがとう」は叱っていないので×。

4の「間違えないように」は、叱る理由が「遅いため」ではないので×。

正確答案是3。文中提到「レジを打つのが…遅いため、いつもお客さんに叱られます」(結帳速度…慢，總是遭到客人的責備)。「叱られる」(被責備) 是「叱る」(責備) 的被動形,「被責備」的是山田先生,「遅いため」(因為很慢) 是說明山田先生被責備的理由。

「レジを打つ」(打收銀機・收銀) 是指在超市計算商品價格、結帳的工作。

《其他選項》

1的「大変ね」(很辛苦呢) 和2的「ありがとう」(謝謝) 都沒有責備的意思，所以是錯的。

4「間違えないように」(請不要弄錯) 被責備的理由和「因為速度慢」無關，所以錯誤。

Grammar

〜ので
因為…

仕事があるので、7時に出かけます。
〈動詞普通形＋ので〉
因為有工作，所以7點要出門。

〜ため（に）
以…為目的，做…，為了…；因為…所以…

指が痛いため、ピアノが弾けない。
〈形容詞普通形＋ため〉
因為手指疼痛而無法彈琴。

使用法の比較

問題解決の秘訣

What are the differences?

ので、ため（に）

「ので」跟「ため（に）」都有「因為」的意思，在文章中要多留意這種表示原因的詞語！

ので　　　　　　　　　　**ため（に）**

● ので

表示原因、理由。前句是原因，後句是因此而發生的事。「ので」一般用在客觀的自然的因果關係，所以也容易推測出結果。

● ため（に）

表示由於前項的原因，引起後項不尋常的結果，表示原因及理由時可以不加「に」。另外也表示為了某一目的，而有後面積極努力的動作、行為，前項是後項的目標，如果「ため（に）」前接人物或團體，就表示為其做有益的事。

Practice

練習 請翻譯下列句子：

❶ 我家的孩子討厭讀書，真讓人困擾。（うちの子・勉強・嫌い・困る）

❷ 由於發生事故，電車將延後抵達。（事故・電車が・遅れる）

參考解答
1. うちの子は勉強が嫌いなので困ります。
2. 事故のために、電車が遅れています。

問題五 翻譯與題解

第5大題 請閱讀下列文章，並回答問題。請從選項1、2、3、4中，選出一個最適當的答案。

　私は電車の中から窓の外の景色を見るのがとても好きです。ですから、勤めに行くときも家に帰るときも、電車ではいつも椅子に座らず、①立って景色を見ています。

　すると、いろいろなものを見ることができます。学校で元気に遊んでいる子どもたちが見えます。駅の近くの八百屋で、買い物をしている女の人も見えます。晴れた日には、遠くのたてものや山も見えます。

　②ある冬の日、わたしは会社の仕事で遠くに出かけました。知らない町の電車に乗って、いつものように窓から外の景色を見ていたわたしは、「あっ！」と③大きな声を出してしまいました。富士山が見えたからです。周りの人たちは、みんなわたしの声に驚いたように外を見ました。8歳ぐらいの女の子が「ああ、富士山だ。」とうれしそうに大きな声で言いました。青く晴れた空の向こうに、真っ白い富士山がはっきり見えました。とてもきれいです。

　駅に近くなると、富士山は見えなくなりましたが、その日は、一日中、何かいいことがあったようなうれしい気分でした。

單字
- **景色** 景色，風景
- **すると** 這樣一來；於是
- **見える** 看見；看得見；看起來
- **日** 日子；天
- **周り** 周圍，周邊
- **うれしい** 高興，喜悅
- **気分** 情緒；氣氛；身體狀況
- **はっきり** 清楚；明確；爽快；直接
- **普通** 普通，平凡；普通車
- **残念** 遺憾，可惜，懊悔
- **さびしい** 寂寞；孤單；荒涼，冷清；空虛
- **頑張る** 努力，加油；堅持

▶翻譯

　　我非常喜歡從電車裡眺望窗外的景色。因此，上下班搭電車回家時，我總是不坐下來，而是①站著欣賞風景。

　　這樣一來，可以看見各式各樣的景象。我看到在學校裡玩耍的活潑孩童，也看到在車站附近的蔬果店買菜的女人。天氣晴朗的時候，甚至可以眺望遠方的樓房和山嶺。

　　②寒冬裡的一天，我為了工作出遠門。我在陌生的城鎮搭上電車，和往常一樣欣賞窗外的風光，忽然「啊！」的③大叫了一聲。因為我看到了富士山。周圍的人們都被我的叫聲嚇了一跳，紛紛往窗外看。有個8歲左右的小女孩開心地大喊：「哇，富士山耶！」在湛藍晴空遙遠的那一方，可以清楚看見雪白的富士山，真的好美！

　　雖然接近車站時就看不到富士山了，但那一整天我都很開心，覺得自己很幸運。

もんだい

30 「わたし」が、電車の中で①立っているのはなぜですか。
1　人がいっぱいで椅子に座ることができないから
2　立っている方が、窓の外の景色がよく見えるから
3　座っていると、富士山が見えないから
4　若い人は、電車の中では立っているのが普通だから

▶翻 譯

[30]「我」在電車裡為什麼要①站著？
1 因為人太多了，沒有位子坐
2 因為站著可以好好欣賞窗外風景
3 因為坐著就無法看到富士山
4 因為年輕人在電車裡站著是正常的

題解 日文解題／解題中譯

答案是 **2**

答えは2。文頭に「ですから」とある。ひとつ前の文に、この文の理由があると分かる。前の文に「窓の外の景色を見るのがとても好きです」とある。

正確答案是2。文章的開頭有「ですから」，表示前一句話即是理由。前一句話寫道「窓の外の景色を見るのがとても好きです」（非常喜歡眺望窗外的景色）。

もんだい

31 ②ある冬の日、「わたし」は何をしていましたか。
1 いつもの電車に乗り、立って外の景色を見ていました。
2 会社の用で出かけ、知らない町の電車に乗っていました。
3 会社の帰りに遠くに出かけ、電車に乗っていました。
4 いつもの電車の椅子に座って、外を見ていました。

▶翻譯

[31] ②寒冬裡的一天,「我」做了什麼?
1 搭平常搭乘的電車,站著看外面的風景。
2 為了工作外出,在陌生的城鎮搭電車。
3 從公司回來的路上繞遠路,搭了電車。
4 坐在平常搭乘的電車上,看著窗外。

題解　日文解題／解題中譯　　　答案是 ❷

答えは 2 。「会社の仕事で遠くに出かけました」「知らない町の電車に乗って」とある。

《他の選択肢》

1 と 4 は「いつもの電車」が×。3 は「会社の帰りに」が×。

> 正確答案是 2。文中提到「会社の仕事で遠くに出かけました」(為了工作出遠門)、「知らない町の電車に乗って」(在陌生的城鎮搭上電車)。
>
> 《其他選項》
>
> 1 和 4 都是搭「いつもの電車」(平常搭乘的電車),所以是錯的。3 是「会社の帰りに」(從公司回來的路上),所以是錯的。

もんだい

32 「わたし」が、③大きな声を出したのはなぜですか。
1 女の子の大きな声に驚いたから
2 電車の中の人たちがみんな外を見たから
3 富士山が急に見えなくなったから
4 窓から富士山が見えたから

▶翻譯

[32]「我」為什麼③大叫一聲？
1　因為被小女孩的大聲喊叫嚇到了
2　因為電車裡的人們都往外看
3　因為突然看不到富士山了
4　因為透過窗戶可以看見富士山

題解　日文解題／解題中譯　　　　　　　　答案是 ④

答えは4。この文の次に「富士山が見えたからです」とある。「から」は理由を表す。

※30は、[理由を表す文（ですから）→結果を表す文]となっている。32は、[結果を表す文→理由を表す文（〜からです）]となっていることに気をつけよう。

正確答案是4。下一句話寫道「富士山が見えたからです」(因為我看到了富士山)。「から」表理由。

※30題在文中是[理由句(ですから)→結果句]。32題則是[結果句→理由句(〜からです)]。請特別注意。

もんだい

[33] 富士山を見た日、「わたし」はどのような気分で過ごしましたか。

1　いいことがあったような気分で過ごしました。
2　とても残念な気分で過ごしました。
3　少しさびしい気分で過ごしました。
4　これからも頑張ろうという気分で過ごしました。

> **翻譯**

[33] 看到富士山的那一天,「我」懷著怎麼樣的心情?
1　懷著幸運的心情。
2　懷著非常可惜的心情。
3　懷著有一點寂寞的心情。
4　懷著從今以後也要加油的心情。

題解　日文解題／解題中譯　　　答案是 **1**

答えは 1 。「その日は、…何かいいことがあったようなうれしい気分でした」とある。

正確答案是 1。文中提到「その日は、…何かいいことがあったようなうれしい気分でした」(那一整天我都很開心,覺得自己很幸運)。

Grammar

～ず(に)
不…地,沒…地

切手を貼らずに手紙を出しました。
〔動詞否定形(去ない)＋ず(に)〕
沒有貼郵票就把信寄出了。

太郎は勉強せずに遊んでばかりいる。
〔サ變動詞詞幹＋せず(に)〕
太郎不讀書都在玩。

～と
一…就

角を曲がると、すぐ彼女の家が見えた。
〔動詞普通形(現在形)＋と〕
一過了轉角,馬上就可以看到她家了。

雪が溶けると、春になる。
〔動詞普通形(現在形)＋と〕
積雪融化以後就是春天到臨。

青春 18

想要省錢又想走遍許多景點嗎？日本有一種名為「青春 18」的一日券，在學生春假、暑假及寒假期間販售，票價只要 12,050 日圓，可在一天內無限次搭乘每站皆停的慢車，而且不分年齡和國籍皆能購買，最棒的是還能找朋友一起湊五張的優惠價！

● 搭電車會用到的句子

❶ 次の駅はどこですか。（下一站是哪裡？）
❷ これは急行です。（這是快車。）
❸ 各駅停車に乗ってください。（請搭慢車。）
❹ 次の電車は何時ですか。（下一班電車幾點？）

現代人忙碌倉促，不少人出去旅行卻流於趕行程踩點，十分可惜。「青春 18」給了旅人們一種慢步調的旅遊提案，不但可以在看到風景漂亮的車站時隨興下車，還可以深入體會小地方的自然風光、風土人情、地理名稱及方言俗語等，喜歡慢旅的人千萬別錯過。

第四回

問題六 翻譯與題解

第 6 大題　請閱讀右頁的「東京樂園　價目表」，並回答下列問題。請從選項 1、2、3、4 中，選出一個最適當的答案。

東京ランド　料金表

〔入園料〕…中に入るときに必要なお金です。

入園料	
大人（中学生以上）	500 円
子ども（5さい以上、小学6年生以下）・65さい以上の人	200 円
（4さい以下のお子さまは、お金はいりません。）	

〔乗り物けん*〕…乗り物に乗るときに必要なお金です。

◆ フリーパスけん（一日中、どの乗り物にも何回でも乗れます。）

大人（中学生以上）	1200 円
子ども（5さい以上、小学6年生以下）	1000 円
（4さい以下のお子さまは、お金はいりません。）	

◆ 普通けん（乗り物に乗るときに必要な数だけ出してください。）

普通けん	1 まい	50 円
回数けん（普通けん 11 まいのセット）	11 まい	500 円

・乗り物に乗るときに必要な普通けんの数

乗り物	必要な乗り物けんの数
メリーゴーランド	2 まい
子ども特急	2 まい
人形の船	2 まい
コーヒーカップ	1 まい
子どもジェットコースター	4 まい

○ たくさんの乗り物を楽しみたい人は、「フリーパスけん」がべんりです。

○ 少しだけ乗り物に乗りたい人は、「普通けん」を、必要な数だけお買いください。

＊けん：きっぷのようなもの。

單字

- 必要　需要
- 以上　以上，不止，超過，以外；上述
- 以下　以下，不到…；在…以下；以後
- 乗り物　乘坐物，交通工具
- 特急　特急列車，特快車；火速
- 人形　娃娃，人偶
- 船　船；舟；小型船
- コーヒーカップ【coffee cup】　咖啡杯
- 楽しむ　享受，欣賞，快樂；以…為消遣；期待，盼望
- むすこ　兒子，令郎；男孩
- くん　…君

174

▶翻譯

東京樂園 價目表

[入園費]…進入園區的費用。

入園費	
成人（中學以上）	500圓
兒童（5歲以上、小學六年級以下）、65歲以上長者	200圓
（4歲以下兒童免費）	

[搭乘券*]…搭乘遊樂設施的費用。

◆無限搭乘券（全天不限次數搭乘任何遊樂設施）	
成人（中學以上）	1200圓
小孩（5歲以上、小學六年級以下）	1000圓
（4歲以下兒童免費）	

◆普通券（搭乘遊樂設施時請支付所需張數）		
普通券	1張	50圓
回數券（內含11張普通券的套票）	11張	500圓

・搭乘遊樂設施時所需普通券的張數

遊樂設施	所需搭乘券的張數
旋轉木馬	2張
兒童特快車	2張
娃娃船	2張
咖啡杯	1張
兒童雲霄飛車	4張

○希望盡情享受多項遊樂設施的遊客，推薦購買「無限搭乘券」。

○只想搭乘少數幾項遊樂設施的遊客，建議購買所需數量的「普通券」。

＊券：類似票券的東西。

もんだい

34 中村さんは、日曜日の午後から、むすこで小学3年生（8歳）のあきらくんを、「東京ランド」へつれていくことになりました。中に入るときに、お金は二人でいくらかかりますか。

1　500 円
2　700 円
3　1000 円
4　2200 円

翻譯

[34] 中村先生預定星期日下午要帶小學三年級（8歲）的兒子曉君去東京樂園。兩人共要花多少入園費？

1　500 圓
2　700 圓
3　1000 圓
4　2200 圓

題解 日文解題／解題中譯　　答案是 ❷

答えは2。問題は「中に入るときに」かかるお金を聞いているので、「入園料」の表を見る。中村さんは500円、あきらくんは200円なので、700円となる。

正確答案是 2。問題問的是「中に入るときに」（進入園區）的花費，所以請看「入園料」（入園費）的表格。中村先生是 500 圓，曉君是 200 圓，所以總共是 700 圓。

> もんだい

35 あきらくんは、「子ども特急」と「子どもジェットコースター」に乗りたいと言っています。かかるお金を一番安くしたいとき、どのようにけんを買うのがよいですか。(乗り物には、あきらくんだけで乗ります。)

1 大人と子どもの「フリーパスけん」を、1まいずつ買う。
2 子どもの「フリーパスけん」を、1まいだけ買う。
3 回数けんを、一つ買う。
4 普通けんを、6まい買う。

> 翻譯

[35] 曉君想搭乘「兒童特快車」和「兒童雲霄飛車」。請問想把花費降到最低時，怎麼購買票券呢？(只有曉君要搭乘遊樂設施)

1 購買成人和兒童的「無限搭乘券」各一張。
2 只購買一張兒童的「無限搭乘券」。
3 購買一份回數券。
4 購買6張普通券。

> 題解　日文解題／解題中譯　　　　　　　　　　答案是 **4**

答えは4。乗り物に乗るのは、あきらくんだけ。「料金表」の「乗り物に乗るときに必要な普通券の数」の表を見る。「子ども特急」は2枚、「子どもジェットコースター」は4枚とあるので、6枚必要と分かる。「乗り物券」の表から、「普通券」1枚の値段は50円、つまり6枚の値段は300円だと分かる。これを、「フリーパス券」の子ども料金（1000円）や、「回数券」の値段（500円）を比べると、一番安いのは、普通券を6枚買うことだと分かる。

正確答案是 4。只有曉君搭乘遊樂設施。請參照「料金表」(價目表)的「乗り物に乗るときに必要な普通券の数」(搭乘遊樂設施時所需普通券的張數)。「兒童特快車」需要 2 張、「兒童雲霄飛車」需要 4 張，所以共需要 6 張。從「乗り物券」(搭乘券)表中可知，「普通券」一張 50 圓，也就是說 6 張共需要 300 圓。而「無限搭乘券」兒童需要 1000 圓、「回數券」要 500 圓。相比之下，知道最便宜的方式是買 6 張普通券。

Grammar

〜ことになる
(被)決定…；也就是說…

来月新竹に出張することになった。
　　　　　動詞辞書形＋ことになる
下個月要去新竹出差。

子供はおを飲んではいけないことになっています。
　　　　　　　　　　　　　　動詞辞書形＋ことになる
依現行規定，孩童不得喝酒。

異性と食事に行くというのは、付き合っていることになるのでしょうか。
　　　　　　　　　　　　　　動詞辞書形＋ことになる
跟異性一起去吃飯，就表示兩人在交往嗎？

MEMO
到遊樂園購票時會用到的句子：チケット売り場はどこですか。(售票處在哪裡？)、学生 2 枚お願いします。(給我兩張學生票)、学生割引はありますか。(學生有折扣嗎？)。

專欄

主題單字

交通工具與交通

乗り物 (のりもの)	交通工具	交通 (こうつう)	交通
オートバイ【auto bicycle】	摩托車	通り (とおり)	道路，街道
汽車 (きしゃ)	火車	事故 (じこ)	意外，事故
普通 (ふつう)	普通；普通車	工事中 (こうじちゅう)	施工中；(網頁)建製中
急行 (きゅうこう)	急行；快車	忘れ物 (わすれもの)	遺忘物品，遺失物
特急 (とっきゅう)	特急列車；火速	帰り (かえり)	回來；回家途中
船・舟 (ふね・ふね)	船；小型船	番線 (ばんせん)	軌道線編號，月台編號
ガソリンスタンド【gasoline + stand】	加油站		

職場生活

オフ【off】	關；休假；折扣	謝る (あやまる)	道歉；認錯
遅れる (おくれる)	遲到；緩慢	辞める (やめる)	取消；離職
頑張る (がんばる)	努力，加油	機会 (きかい)	機會
厳しい (きびしい)	嚴格；嚴酷	一度 (いちど)	一次；一旦
慣れる (なれる)	習慣；熟悉	続く (つづく)	繼續；接連
出来る (できる)	完成；能夠	続ける (つづける)	持續；接著
叱る (しかる)	責備，責罵	夢 (ゆめ)	夢

文法比一比

■ ていく vs. てくる

ていく／…去，…下去
[說明] 表示動作或狀態，越來越遠地移動或變化。或表動作的繼續、順序，多指從現在向將來。
[例句] 今後も、真面目に勉強していきます。／今後也會繼續用功讀書的。

てくる／…來，…起來，…過來，去…
[說明] 用在某動作由遠而近，表示動作從過去到現在的變化、推移，或從過去一直繼續到現在。
[例句] お祭りの日が、近づいてきた。／慶典快到了。

◎ 是「…去」，還是「…來」？
「ていく」跟「てくる」意思相反，「ていく」表示某動作由近到遠，或是狀態由現在朝向未來發展；「てくる」表示某動作由遠到近，或是去某處做某事再回來。

■ さしあげる vs. いただく

さしあげる／給予…，給…
[說明] 表示下面的人給上面的人物品。給予人是主語，這時候接受人的地位、年齡、身分比給予人高。是一種謙虛的說法。
[例句] 今週中にご連絡を差し上げます。／本週之內會與您聯絡。

いただく／承蒙…，拜領…
[說明] 表示從地位、年齡高的人那裡得到東西。這時主語是接受人。用在給予人身分、地位、年齡比接受人高的時候。
[例句] 佐伯先生に絵をいただきました。／收到了佐伯老師致贈的畫作。

◎ 是「給予」還是「得到」？
「さしあげる」用在給地位、年齡、身分較高的對象東西；「いただく」用在說話人從地位、年齡、身分較高的對象那裡得到東西。

■ そうだ vs. ということだ

そうだ／聽説…，據説…
[說明] 表示傳聞。指消息不是自己直接獲得的，而是從別人那裡，或報章雜誌等地方得到的。
[例句] 魏さんは独身だそうだ。／聽說魏先生還是單身。

ということだ／聽説…，據説…
[說明] 表示傳聞。用在傳達從別處聽來，而且內容非常具體、明確的訊息，或是說話人回想起之前聽到的消息。
[例句] 魏さんは独身だということだったが、実は結婚していた。／原本以為魏先生還是單身，其實他已經結婚了。

◎「傳聞」說法可不可以用過去形？
「そうだ」不能改成「そうだった」，不過「ということだ」可以改成「ということだった」。另外，當知道傳聞與事實不符，或傳聞內容是推測時，不用「そうだ」，而是用「ということだ」。

■ （ら）れる（尊敬）vs. お／ご…になる

（ら）れる（尊敬）
[說明] 表示對對方或話題人物的尊敬，就是在表敬意的對象的動作上，用尊敬助動詞。尊敬程度低於「お／ご…になる」。
[例句] 白井さんは、もう駅に向かわれました。／白井先生已經前往車站了。

お／ご…になる
[說明] 表示對對方或話題中提到的人物的尊敬，為了表示敬意而抬高對方行為的表現方式。「お／ご…になる」中間接的就是對方的動作。
[例句] 黒川さんは、もうご出発になりました。／黒川小姐已經出發了。

◎ 哪個「尊敬語」尊敬程度較高？
「（ら）れる」跟「お／ご…になる」都是尊敬語，用在抬高對方行為，以表示對他人的尊敬，但「お／ご…になる」的尊敬程度比「（ら）れる」高。

■ はじめる vs. だす

はじめる／「開始…」。
[說明] 表示前接動詞的動作、作用的開始。前面可以接他動詞，也可以接自動詞。
[例句] ごはんを食べ始めたとき、地震が来ました。／就在剛開動吃飯的時候，地震來了。

だす／「…起來」、「開始…」。
[說明] 表示某動作、狀態的開始，但不用在表示說話人意志的句子。
[例句] 先生が急に怒り出しました。／老師突然火冒三丈了。

◎「開始」比一比
「はじめる」跟「だす」用法差不多，但表說話人意志的句子不用「～だす」。

■ ため（に）vs. ので

ため（に）／「因為…所以…」；「以…為目的，做…」、「為了…」。
[說明] 表示由於前項的原因，引起後項的結果，或表示為了某一目的，而有後面積極努力的動作、行為，前項是後項的目標。
[例句] 寝坊したために、試験を受けられなかった。／就因為睡過頭，以致於沒辦法參加考試。

ので／「因為…」。
[說明] 表示原因、理由。前句是原因，後句是因此而發生的事。一般用在客觀的自然的因果關係，所以也容易推測出結果。
[例句] 寝坊したので、学校に遅れた。／由於睡過頭，所以上學遲到了。

◎「因為」後面不一樣
「ため（に）」跟「ので」都可表示原因，但「ため（に）」後面會接一般不太發生，比較不尋常的結果，前接名詞時用「N＋のため（に）」；「ので」後面多半接自然會發生的結果，前接名詞時用「N＋なので」。

問題四 翻譯與題解

第4大題 請閱讀下列（1）～（4）的文章，並回答問題。請從選項1、2、3、4中，選出一個最適當的答案。

---

(1)

　これは、大西さんからパトリックさんに届いたメールです。

パトリックさん

　大西です。いい季節ですね。
　わたしの携帯電話のメールアドレスが、今日の夕方から変わります。すみませんが、わたしのアドレスを新しいのに直しておいてくださいませんか。携帯電話の電話番号やパソコンのメールアドレスは変わりません。よろしくお願いします。

---

26 パトリックさんは、何をしたらよいですか。

1　大西さんの携帯電話のメールアドレスを新しいのに変えます。
2　大西さんの携帯電話の電話番号を新しいのに変えます。
3　大西さんのパソコンのメールアドレスを新しいのに変えます。
4　大西さんのメールアドレスを消してしまいます。

單字》

» 季節　季節
» メールアドレス【mail address】電子信箱地址，電子郵件地址
» 直す　更改；改正；整理；修理
» 携帯電話　手機，行動電話
» パソコン【personal computer 之略】個人電腦

> **翻譯**

這是大西先生寄給帕特里克先生的信：

帕特里克先生

　　我是大西。又到了這個美好的季節。

　　我手機的郵件地址將於今天傍晚異動。不好意思，可以麻煩將我的郵件地址更新嗎？手機門號和電腦的郵件地址都和以前一樣。麻煩您了。

[26] 帕特里克先生該怎麼做？

1　更新大西先生的手機郵件地址。
2　更新大西先生的手機門號。
3　更新大西先生的電腦郵件地址。
4　刪除大西先生的郵件地址。

題解　日文解題／解題中譯　　　　　答案是 **1**

答えは1。「わたしの携帯電話のメールアドレスが…変わります」「新しいのに直しておいてくださいませんか」と言っている。

「新しいの」の「の」は名詞「メールアドレス」を言い換えたもの。

「直しておいて…」の「（動詞て形）ておきます」は準備や後片付けなどを表す言い方。

例・使ったお皿は洗っておいてください。

「（動詞て形）て…くださいませんか」は「〜てくれませんか」の丁寧な言い方。

184

《他の選択肢》
2「携帯電話の電話番号」や、3「パソコンのメールアドレス」は「変わりません」と言っている。
4消してくださいとは言っていない。

　　正確答案是1。因為文中提到「わたしの携帯電話のメールアドレスが…変わります」(我手機的郵件地址將…異動)、「新しいのに直しておいてくださいませんか」(可以麻煩將郵件地址更新嗎)。

　　「新しいの」(新的)中的「の」代替了名詞「メールアドレス」(郵件地址)。

　　「直しておいて…」(更改好…)的「(動詞て形)ておきます」(〈事先〉做好…)表準備和事後整理。

　　例：使ったお皿は洗っておいてください。／請清洗用過的盤子。

　　「(動詞て形)て…くださいませんか」(能否麻煩…)是「～てくれませんか」(能否幫我…)的禮貌說法。

《其他選項》
2「携帯電話の電話番号」(手機門號)和3「パソコンのメールアドレス」(電腦郵件地址)都沒有"異動"。
4文中沒有提到"請刪除"。

Grammar

～ておく
先…，暫且…；…著

レストランを予約しておきます。
　　　　　　　動詞て形＋おく
我會事先預約餐廳。

(2)

　カンさんが住んでいる東町のごみ置き場に、次のような連絡がはってあります。

ごみ集めについて

○ 12月31日（火）から1月3日（金）までは、ごみは集めにきませんので、出さないでください。
○ 上の日以外は、決められた曜日に集めにきます。
◆ 東町のごみ集めは、次の曜日に決められています。
　燃えるごみ（生ごみ・台所のごみや紙くずなど）……火・土
　プラスチック（プラスチックマークがついているもの）……水
　びん・かん……月

---

[27] カンさんは、正月の間に出た生ごみと飲み物のびんを、なるべく早く出したいと思っています。いつ出せばよいですか。

1　生ごみ・びんの両方とも、12月30日に出します。
2　生ごみ・びんの両方とも、1月4日に出します。
3　生ごみは1月4日に、びんは1月6日に出します。
4　生ごみは1月11日に、びんは1月6日に出します。

單字

» ごみ 垃圾
» 連絡 通知；聯繫，聯絡
» 集める 集中；收集；集合
» 以外 除外，以外
» 決める 規定；決定；認定
» 燃えるごみ 可燃垃圾
» 生ごみ 廚餘
» なるべく 盡量，盡可能
» 両方 兩種；兩方

▶翻譯

韓先生居住的東町的垃圾場，張貼著以下告示：

垃圾收運相關事宜

○ 自 12 月 31 日（二）至 1 月 3 日（週五）將不會收運垃圾，請不要將垃圾拿出來丟棄。

○ 除了上述日期，仍依照規定日程收運垃圾。

◆ 東町依照以下日程收運垃圾：
可燃垃圾（廚餘、廚房垃圾和廢紙等）……每週二、每週六
塑膠類（標示塑膠類標誌的物品）……每週三
瓶罐類……週一

[27] 韓先生想要盡早丟掉年節期間的廚餘和飲料瓶。請問什麼時候丟比較好？

1　廚餘和瓶子都在 12 月 30 日丟棄。
2　廚餘和瓶子都在 1 月 4 日丟棄。
3　廚餘在 1 月 4 日丟，瓶子在 1 月 6 日丟棄。
4　廚餘在 1 月 11 日丟，瓶子在 1 月 6 日丟棄。

題解　日文解題／解題中譯　　答案是 ③

答えは3。問題は「生ごみ」と「びん」を出す日。表の◆の部分に、「燃えるゴミ（生ごみ…）…火・土」「びん・かん…月」とある。

表の○の部分から、正月のごみ集めは1月4日から、また、3日が金曜なので、4日が土曜、6日が月曜と分かる。

《他の選択肢》

1 「正月の間に出た」ごみなので、12月30日はおかしい。
2 4日土曜日は、燃えるごみの日で、「びん」は出せない。
4 「なるべく早く出したい」とあり、11日は生ごみの一番早い日ではない。

正確答案是3。問題是「生ごみ」(廚餘) 和「びん」(瓶類) 的回收日。根據表中◆的地方,「燃えるゴミ（生ごみ…）…火・土」(可燃垃圾（廚餘…）…星期二、六)、「びん・かん…月」(瓶罐類…星期一) 可以得知。

根據表中○的地方,正月的垃圾回收是從1月4日開始。另外,由於3日是星期五,所以可以知道4日是星期六、6日是星期一。

《其他選項》

1 因為題目說「正月の間に出た」(在年節期間產生的垃圾),所以不能選12月30日。
2 4日星期六是可燃垃圾的收運日,不能丟瓶罐類。
4 題目提到「なるべく早く出したい」(想盡早丟),而11日並不是丟廚餘最早的日子。

Grammar

～について 有關…，關於…，就…	江戸時代の<u>商人についての</u>物語を書きました。 <small>名詞+について</small> 撰寫了一個有關江戶時期商人的故事。	
（ら）れる 被…	電車で痴漢にお尻を<u>触られた</u>。 <small>動詞被動形+れる</small> 在電車上被色狼摸了臀部。	
～ば 如果…的話，假如…， 如果…就…	時間が<u>合えば</u>、会いたいです。 <small>動詞假定形+ば</small> 如果時間允許，希望能見一面。	

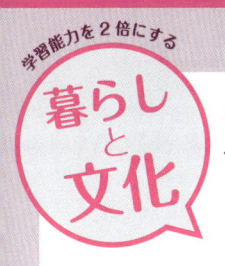

倒垃圾時間規定

日本各市區町村對垃圾跟資源回收的分類和倒垃圾時間都有規定，垃圾袋則依地區規定而有所不同，特定地區必須使用專用垃圾袋。為了維護市街的整潔，請務必按照各地區規定的日期，將垃圾放在規定地點，讓垃圾車載走。

◉ 倒垃圾會用到的句子

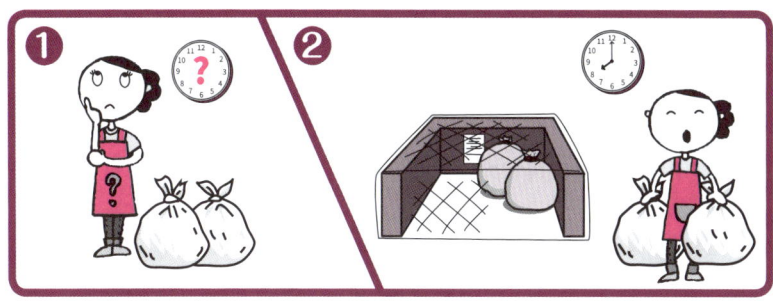

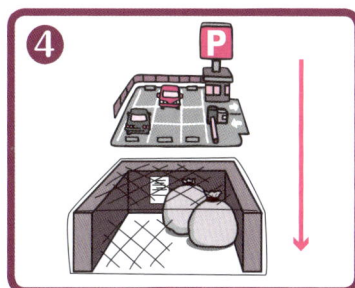

❶ いつごろ出せばいいですか。（什麼時候拿出去呢？）
❷ 8時ごろでいいと思います。（我想8點左右就可以了。）
❸ 市の指定ゴミ袋に入れて出してください。（請裝在市指定垃圾袋裡面，再拿出來丟。）
❹ ゴミ置き場は駐車場の前です。（垃圾場在停車場前面。）

外國人到日本旅遊時不妨多利用便利商店、超市等地方設置的垃圾桶，即便看不懂日文，上方也大多貼有插圖可供參考。與台灣有些不同的是日本的寶特瓶、鐵鋁罐又區分成兩個類別，若不知道手上容器的材質，大多能在容器上找到標示。

（3）
　テーブルの上に、母からのメモと紙に包んだ荷物が置いてあります。

> ゆいちゃんへ
>
> 　お母さんは仕事があるので、これから大学に行きます。
> 　すみませんが、この荷物を湯川さんにおとどけしてください。
> 　湯川さんは高田馬場の駅前に3時にとりにきてくれます。
> 　赤い服を着ているそうです。湯川さんの携帯番号は、123-4567-89××です。
>
> 　　　　　　　　　　　　　　　　母より

単字》

» **包む** 包住，包起來；包圍；隱藏

» **届ける** 送達；送交；申報，報告

[28] ゆいさんは、何をしますか。
1　3時に、赤い服を着て大学に仕事をしにいきます。
2　3時に、赤い服を着て大学に荷物をとりにいきます。
3　3時に、高田馬場の駅前に荷物を持っていきます。
4　3時に、高田馬場の駅前に荷物をとりにいきます。

翻譯

桌上擺著媽媽留的紙條和一個包裹。

給小唯

　　媽媽有工作，現在要去大學一趟。
　　不好意思，請將這個包裹送去給湯川小姐。
　　湯川小姐3點會到高田馬場的車站前來拿。
　　聽說她穿著紅色的衣服。湯川小姐的手機號碼是 123-4567-89XX。

　　　　　　　　　　　　　　媽媽

[28] 唯小姐要做什麼？

1　3點時，穿紅色衣服去大學工作。
2　3點時，穿紅色衣服去大學拿包裹。
3　3點時，帶著包裹去高田馬場的車站前。
4　3點時，去高田馬場的車站前拿包裹。

題解 日文解題／解題中譯　　　答案是 ③

6 答えは 3。「この荷物を湯川さんにお届けしてください」とある。「お届けしてください」は「届けてください」の謙譲表現。「(湯川さんのところに)持って行ってください」と同じ。

《他の選択肢》
2 「赤い服を着て」いるのは湯川。
4 「荷物を取りに行きます」は「荷物をもらいに行きます」という意味。ゆいさんは荷物を持って行くので×。

正確答案是 3。文中寫道「この荷物を湯川さんにお届けしてください」(請將這個包裹送去給湯川小姐)。「お届けしてください」是「届けてください」(請交給)對湯川小姐的謙讓表現。和「(湯川さんのところに)持って行ってください」(請拿去〈湯川小姐的所在地〉)意思相同。

《其他選項》
2 「赤い服を着て」(穿著紅色衣服)的是湯川小姐。
4 「荷物を取りに行きます」(去取包裹)是「荷物をもらいに行きます」(去拿包裹)的意思。小唯是要拿包裹過去，所以錯誤。

Grammar

てくれる
（為我）做…

子供たちも、「お父さん、頑張って」と言ってくれました。
〔動詞て形＋くれる〕
孩子們也對我說了：「爸爸，加油喔！」。

そうです
聽說…，據說…

ここは昔、5万人もの人が住んでいたそうだ。
〔動詞普通形＋そうだ〕
據說這地方從前住了多達 5 萬人。

(4)

　日本には、お正月に年賀状＊を出すという習慣がありますが、最近、年賀状のかわりにパソコンでメールを送るという人が増えているそうです。メールなら一度に何人もの人に同じ文で送ることができるので簡単だからということです。
　しかし、お正月にたくさんの人からいろいろな年賀状をいただくのは、とてもうれしいことなので、年賀状の習慣がなくなるのは残念です。

＊年賀状：お正月のあいさつを書いたはがき

29 年賀状のかわりにメールを送るようになったのは、なぜだと言っていますか。
1　メールは年賀はがきより安いから。
2　年賀状をもらってもうれしくないから。
3　一度に大勢の人に送ることができて簡単だから。
4　パソコンを使う人がふえたから。

▶▶翻譯

　日本人於春節時有寄送賀年卡＊的習俗，然而近年來有愈來愈多人改用電腦發送電子卡片以代替賀年卡了。因為電子卡片可以同時向很多人發送相同的賀詞，十分簡便。

單字

- **正月** 正月，新年
- **習慣** 習慣
- **最近** 最近
- **送る** 寄送；派；送行；度過；標上（假名）
- **増える** 增加
- **一度** 一次，一回；一旦
- **簡単** 簡單；輕易；簡便
- **いただく** 領受；領取；吃，喝
- **なぜ** 為什麼
- **もらう** 收到，拿到
- **うれしい** 高興，喜悅

但是，春節時能收到各方寄來各式各樣的賀年卡，是件很讓人開心的事，所以寄賀年卡的習俗逐漸消失的現況相當令人遺憾。

＊賀年卡：書寫新年賀詞的明信片。

[29] 為什麼電子卡片取代了賀年卡？

1　因為電子卡片比賀年明信片便宜。
2　因為即使拿到賀年卡也不會感到開心。
3　因為可以同時發送給很多人，十分簡便。
4　因為使用電腦的人增加了。

題解　日文解題／解題中譯　　答案是 ③

　　答えは3。本文に「メールなら一度に何人もの人に同じ文を送ることができるので簡単だから」とある。「何人もの人に」と、3「大勢の人に」は同じ。

《他の選択肢》

4　について、本文では「パソコンでメールを送るという人が増えている」といっており、これは、4の「パソコンを使う人が増えた」とは違う。

　　正確答案是3。文中寫道「メールなら一度に何人もの人に同じ文を送ることができるので簡単だから」(因為電子卡片可以同時向很多人發送相同的賀詞，十分簡便)。「何人もの人に」(好幾個人)和3「大勢の人に」(許多人)意思相同。

《其他選項》

4　文中提到「パソコンでメールを送るという人が増えている」(愈來愈多人改用電腦發送電子卡片)，這和4「パソコンを使う人が増えた」(使用電腦的人增加了)意思不同。

Grammar

〜という 針對事件內容加以描述說明；叫做…	うちの会社は経営がうまくいっていないという噂だ。 〜普通形+という 傳出我們公司目前經營不善的流言。
〜なら 要是…的話	野球なら、あのチームが一番強い。 〜名詞+なら 棒球的話，那一隊最強了。
ということだ 說是…，他說…	部長は、来年帰国するということだ。 〜簡體句+ということだ 聽說部長明年會回國。
〜の（は／が／を） 的是…	昨日ビールを飲んだのは花子です。 〜短句+のは 昨天喝啤酒的是花子。
〜ようになる （習慣等）變得…了	私は毎朝牛乳を飲むようになった。 〜動詞辞書形+ようになる 我每天早上都會喝牛奶了。

MEMO

日本賀年卡主要以「簡短易讀」為主，內容依序為開頭賀詞、正文及結尾日期 3 部分。正文只要簡潔寫上感謝或近況報告等短句就好。在日本最討人喜歡的往往不是華麗的詞句，而是簡潔扼要且合理的問候喔。書信常用的「拝啓」、「敬具」也不需要！

賀年卡

「あけましておめでとうございます」（新年快樂）和「今年もよろしくお願いします」（新的一年也請多指教）是賀年卡中很常見的兩個句子。由於賀年卡最主要的目的是向對方表示「去年很感謝您，新的一年也請多指教」，因此「收到」的意義本身就很重大。

● **在郵局會用到的句子**

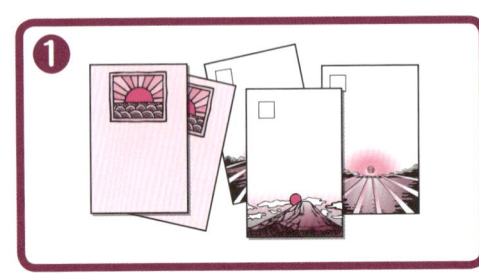

❶ この風景写真はがきを 10 枚ください。（給我10張這種風景照明信片。）

❷ 80 円切手 3 枚お願いします。（麻煩80日圓郵票3張。）

❸ ガムテープありますか。（有膠帶嗎？）

❹ これを速達でお願いします。（這個我要寄限時專送。）

日本人會在 12 月寫賀年卡，以感謝一年中受到關照的上司、同事、老師、同學、朋友。另外，還習慣在盛夏問安（暑中見舞い）、處暑問安（残暑見舞い）寫明信片，互相問候。

問題五 翻譯與題解

第5大題　請閱讀下列文章，並回答問題。請從選項1、2、3、4中，選出一個最適當的答案。

　　その日は、10時30分から会議の予定がありましたので、わたしはいつもより早く家を出て駅に向かいました。

　　もうすぐ駅に着くというときに、歩道に①時計が落ちているのを見つけました。とても高そうな立派な時計です。人に踏まれそうになっていたので、ひろって駅前の交番に届けにいきました。おまわりさんに、時計が落ちていた場所を聞かれたり、わたしの住所や名前を紙に書かされたりしました。

　　②遅くなったので、会社の近くの駅から会社まで走っていきましたが、③会社に着いた時には、会議が始まる時間を10分も過ぎていました。急いで部長の部屋に行き、遅れた理由を言ってあやまりました。部長は「そんな場合は、遅れることをまず、会社に連絡しろと言っただろう。なぜそうしなかったのだ。」と怒りました。わたしが「すみません。急いでいたので、連絡するのを忘れてしまいました。これから気をつけます。」と言うと、部長は「よし、わかった。今後気をつけなさい。」とおっしゃって、温かいコーヒーをわたしてくださいました。そして、「会議は11時から始めるから、それまで、少し休みなさ

單字

» 日 日子；天
» 会議 會議
» 予定 預定
» 向かう 前往；面向
» もうすぐ 快要，不久，馬上
» 落ちる 掉落；落下；降低，下降；落選
» 見つける 發現；找到；目睹
» 踏む 踩住，踩到；踏上；實踐
» 拾う 撿拾；挑出；接；叫車
» 過ぎる 超過；過於；經過
» 謝る 道歉，謝罪；認錯；謝絕
» 理由 理由，原因
» 場合 狀況；時候；情形
» まず 首先；總之；大約；姑且
» 怒る 斥責；生氣

い。」とおっしゃったので、自分の席で温かいコーヒーを飲みました。

> **翻譯**

那天，由於預定於 10 點 30 分開會，我比平時更早出門前往車站。

快到車站的時候，我看到有支①手錶掉在人行道上。那支高級的手錶看起來很昂貴。我怕被人踩壞了，就把它撿起來送到車站前的派出所。警察問我撿到手錶的地點，並要我登記住址和姓名。

因為②時間拖遲了，我從公司附近的車站一路狂奔到公司，可是③抵達公司時仍然比會議原訂時間還晚 10 分鐘。我急忙去經理辦公室解釋遲到的理由。經理很生氣，訓斥我：「我之前就提醒過大家，遇到會遲到的狀況一定要先聯絡公司，為什麼沒通知同事？」我立刻道歉：「對不起，我太急了，忘記該先聯絡。以後會注意。」經理對我說：「好，這樣就好，以後要留意。」並給了我一杯熱咖啡。經理又告訴我：「會議延到 11 點舉行，開會前你先稍微喘口氣。」所以我回到自己的座位上，享用了這杯熱咖啡。

- **おっしゃる** 說，講，叫
- **始める** 開始；開創；發（老毛病）
- **席** 座位；職位

もんだい

[30] ①時計について、正しくないものはどれですか。
1 ねだんが高そうな立派な時計だった。
2 人に踏まれそうになっていた。
3 歩道に落ちていた。
4 会社の近くの駅のそばに落ちていた。

▶翻譯

[30] 關於①手錶，以下何者不正確？
1　是看起來很昂貴的高級手錶。　2　可能會被人踩壞。
3　掉在人行道上。　　　　　　　4　掉在公司附近的車站旁。

題解　日文解題／解題中譯　　　答案是 ❹

答えは４。「…家を出て駅に向かいました。もうすぐ駅に着くと言うときに…」とある。

この「駅」は家の近くの駅で、「会社の近くの駅」ではない。

> 正確答案是４。文中寫道「…家を出て駅に向かいました。もうすぐ駅に着くと言うときに…」(…出門前往車站。快到車站的時候…)
>
> 這個車站是家附近的車站，而非「会社の近くの駅」(公司附近的車站)。

もんだい

31 ②遅くなったのは、なぜですか。
1　交番でいろいろ聞かれたり書かされたりしたから
2　時計をひろって、遠くの交番に届けに行ったから
3　会社の近くの駅から会社までゆっくり歩き過ぎたから
4　いつもより家を出るのがおそかったから

▶翻譯

[31] 為什麼②時間拖遲了？
1　因為在派出所做筆錄，填寫資料等等
2　因為撿到手錶，並送到很遠的派出所
3　因為從公司附近的車站到公司途中走得太慢
4　因為比平時晚出門

題解 日文解題／解題中譯

答案是 ❶

6 答えは1。時計を駅前の交番に届け、おまわりさんに「時計が落ちていた場所を聞かれたり、わたしの住所や名前を紙に書かされたりしました」とある。遅くなったのはそのため。

《他の選択肢》
2 「遠くの交番」が×。「駅前の交番」とある。
3 「ゆっくり歩いた」とは書いていない。
4 本文の最初の文に「わたしはいつもより早く家を出て」とある。

　　正確答案是1。文中寫道遲到的原因是將手錶交到派出所，又「おまわりさんに時計が落ちていた場所を聞かれたり、わたしの住所や名前を紙に書かされたりしました」(警察問我撿到手錶的地點，並要我登記住址和姓名)。

《其他選項》
2 不是「遠くの交番」(很遠的派出所)，而是「駅前の交番」(車站前的派出所)。
3 並沒有寫道「ゆっくり歩いた」(慢慢走)。
4 文章開頭寫道「わたしはいつもより早く家を出て」(我比平時更早出門)。

もんだい

32 ③会社に着いた時は何時でしたか。
1　10時半
2　10時40分
3　10時10分
4　11時

▶ 翻譯

[32] 幾點③抵達公司？
1　10 點半
2　10 點 40 分
3　10 點 10 分
4　11 點

題解　日文解題／解題中譯
答案是 ②

答えは 2。本文の最初に「10 時 30 分から会議の予定がありましたので」とある。会社に着いた時は、「会議が始まる時間を 10 分も過ぎて」いたとあるので、10 時 40 分が正解。

正確答案是 2。文章開頭寫道「10 時 30 分から会議の予定がありましたので」（預定於 10 點 30 分開會）。到公司時，「会議が始まる時間を 10 分も過ぎて」（比會議原訂時間還晚 10 分鐘），所以抵達公司時是 10 點 40 分。

もんだい

33　部長は、どんなことを怒ったのですか。
1　会議の時間に 10 分も遅れたこと
2　つまらない理由で遅れたこと
3　遅れることを連絡しなかったこと
4　うそをついたこと

▶ 翻譯

[33] 部長為了什麼事而生氣？
1　比會議原訂時間還晚到 10 分鐘
2　為了虛假不實的理由而遲到
3　沒有事先聯絡公司會遲到
4　說謊

題解 日文解題／解題中譯　　　　答案是 ❸

答えは3。「部長は『そんな場合は、遅れることをまず、会社に連絡しろと言っただろう。なぜそうしなかったのだ』と怒りました」とある。部長は「連絡しなかったこと」を怒っている。

> 正確答案是3。文中寫道「部長は『そんな場合は、遅れることをまず、会社に連絡しろと言っただろう。なぜそうしなかったのだ』と怒りました」(經理訓斥我:「我之前就提醒過大家,遇到會遲到的狀況一定要先聯絡公司,為什麼沒通知同事?」)可見部長生氣的是「連絡しなかったこと」(沒有聯絡一事)。

Grammar

～そう 好像…,似乎…	どうしたの。気分が悪そうね。 （形容詞詞幹+そう） 怎麼了?你看起來好像不太舒服耶?	
數量詞+も 多達;竟…,也…	ご飯を3杯も食べました。 （數量詞+も） 飯吃了3碗之多。	
しろ (する的命令形) 給我…	うるさいなあ。静かにしろ。 （句子）+動詞命令形 很吵耶,安靜一點!	
～だろう …吧	彼以外は、みんな来るだろう。 （動詞普通形+だろう） 除了他以外,大家都會來吧!	
～なさい 要…,請…	規則を守りなさい。 （動詞ます形+なさい） 要遵守規定。	
～てくださる (為我) 做…	先生がいい仕事を紹介してくださった。 （動詞て形+くださる） 老師介紹了一份好工作給我。	

使用法の比較

What are the differences?

から、ので

遇到問「どうして」、「なぜ」（為什麼）的題目，請注意關鍵詞「から」、「ので」和其前後文，答案通常都藏在附近！

から ①

ので ②

● **から**

表示原因、理由，一般用在出於個人主觀理由時，是較強烈的意志性表達。例：まずかったから、もうこの店には来ません（因為太難吃了，我再也不會來這家店了）。

● **ので**

表示原因、理由，一般用在客觀的自然因果關係。例：雨なので、行きたくないです（因為下雨，所以不想去）。

Practice

練習 請排序下列句子：

❶ ＿＿＿ ＿＿＿ ＿＿＿、＿＿＿ よ。
　1. もう　　2. から　　3. 帰（かえ）ろう　　4. 遅（おそ）い

❷ 今日（きょう）は台風（たいふう）＿＿＿、＿＿＿ ＿＿＿ ＿＿＿ 思（おも）いません。
　1. 買（か）い物（もの）に　　2. とは　　3. 行（い）こう　　4. なので

解答　1. 1423　2. 4132

203

第五回

問題六 翻譯與題解

第6大題　請閱讀右頁的「地震時的注意事項」，並回答下列問題。請從選項1、2、3、4中，選出一個最適當的答案。

地震のときのための注意
△△市ぼうさい課*

○地震がおきる前に、いつも考えておくことは？

	5つの注意	やること
1	テレビやパソコンなどがおちてこないように、おく場所を考えよう。	・本棚などは、たおれないように、道具でとめる。
2	われたガラスなどで、けがをしないようにしよう。	・スリッパや靴を部屋においておく。
3	火が出たときのための、準備をしておこう。	・消火器*のある場所を覚えておく。
4	地震のときに持って出る荷物をつくり、おく場所を決めておこう。	・3日分の食べ物、服、かい中でんとう*、薬などを用意する。
5	家族や友だちとれんらくする方法を決めておこう。	・市や町で決められている場所を知っておく。

○地震がおきたときは、どうするか？

1	まず、自分の体の安全を考える！ ・つくえなどの下に入って、ゆれるのが終わるのをまつ。
2	地震の起きたときに、すること ① 火を使っているときは、火をけす。 ② たおれた棚やわれたガラスに注意する。 ③ まどや戸をあけて、にげるための道をつくる。 ④ 家の外に出たら、上から落ちてくるものに注意する。 ⑤ ラジオやテレビなどで、ニュースを聞く。

單字

- **地震** 地震
- **考える** 想，思考；考慮；認為
- **やる** 做；給，給予；派
- **棚** 架子，棚架
- **けす** 熄滅；消去
- **たおれる** 倒下；垮台；死亡
- **割れる** 破掉，破裂；分裂；暴露；整除
- **ガラス【(荷) glas】** 玻璃
- **火** 火
- **準備** 準備
- **用意** 準備；注意
- **安全** 安全；平安
- **ゆれる** 搖動；動搖
- **逃げる** 逃走，逃跑；逃避；領先（運動競賽）

204

＊ぼうさい課：地震などがおきたときの世話をする人たち。
＊消火器：火を消すための道具。
＊かい中でんとう：持って歩ける小さな電気。電池でつく。

》**世話** 幫忙；照顧；照料

》翻譯

地震時的注意事項
△△市防災課*

○ 地震發生前，必需時常謹記在心的事項？

5點注意事項	應做事項
1	請將電視和電腦等物品擺放在適當的位置，以避免掉落。	・使用五金零件固定書櫃等家具以免倒塌。
2	避免被碎玻璃等尖銳物品割傷。	・將拖鞋或鞋子放在室內。
3	預先準備滅火器具。	・牢記擺放滅火器*的位置。
4	備妥地震時攜帶的緊急避難包，並放在固定的位置。	・備妥3天份的糧食、衣物、手電筒*、藥品等等。
5	與家人和朋友事先約定聯絡方式。	・記住在市內或鎮上的約定地點。

○ 地震發生時，該怎麼做？

1	首先，確保自身安全！
	・躲到桌子底下，等待搖晃停止。
2	地震發生時該做的事
	① 若正在用火，請關閉火源。
	② 小心倒塌的櫃子和碎玻璃。
	③ 打開門窗，確保逃生途徑。
	④ 若要離開房屋，請小心上方掉落的物品。
	⑤ 透過收音機或電視收聽新聞。

＊防災課：發生地震等災害時協助救援的人士。
＊滅火器：滅火的工具。
＊手電筒：可以隨身攜帶的小型電燈，使用電池提供電力。

もんだい

[34] 松田さんは、地震がおきる前に準備しておこうと考えて、「地震のときに持って出る荷物」をつくることにしました。荷物の中に、何を入れたらよいですか。

1　３日分の食べ物と消火器
2　スリッパと靴
3　３日分の食べ物と服、かい中でんとう、薬
4　ラジオとテレビ

▶翻譯

[34] 松田先生想在地震前做好防災準備，他準備了「地震時攜帶的緊急避難包」。避難包中應該放入什麼物品？
1　３天份的糧食和滅火器
2　拖鞋或鞋子
3　３天份的糧食和衣物、手電筒、藥品
4　收音機或電視

題解　日文解題／解題中譯　　　　　　　答案是 ❸

答えは３。上の表「〇地震がおきる前に…」の、4「地震のときに持って出る荷物をつくり…」の右を見る。

正確答案是3。請參照上表「〇地震がおきる前に…」(地震發生前…) 中的4「地震のときに持って出る荷物をつくり…」(備妥地震時攜帶的緊急避難包…) 的右方。

もんだい

[35] 地震でゆれはじめたとき、松田さんは、まず、どうするといいですか。

1 つくえなどの下で、ゆれるのが終わるのをまつ。
2 つけている火をけして、外ににげる。
3 たおれそうな棚を手でおさえる。
4 ラジオで地震についてのニュースを聞く。

▶翻譯

[35] 地震發生時，松田先生首先應該做什麼？

1 在桌子底下等待搖晃停止。
2 關閉正在使用的火源，並逃到外面。
3 用手撐住快要倒塌的櫃子。
4 透過收音機收聽地震相關新聞。

題解　日文解題／解題中譯　　答案是 ①

答えは1。問題は、揺れ始めたときに、まずすることを聞いている。「まず」は「最初に」という意味。下の表「〇地震がおきたときは…」の、1「まず、自分の体の安全を考える」の下を見る。

※ 表の、2「地震の起きたときに、すること」は、揺れるのが終わってからすること。

正確答案是 1。問題問的是地震時首先應該要做什麼。「まず」是「最初に」(首先) 的意思。請參見下表「〇地震がおきたときは…」(地震發生時…) 中的 1「まず、自分の体の安全を考える」(首先，確保自身安全) 的下方。

※ 表中提到 2「地震の起きたときに、すること」是指地震搖完後才要做的事。

Grammar

（よ）う …吧	結婚しようよ。一緒に幸せになろう。 〔動詞意向形＋（よ）う〕 我們結婚吧！一起過著幸福的日子！
〜ように 請…；希望…；以便…，為了…	熱が下がるように、注射を打ってもらった。 〔動詞辞書形＋ように〕 為了退燒，我請醫生替我打針。
〜たら 要是…；如果要是…了，…了的話	一億円があったら、マンションを買います。 〔動詞た形＋ら〕 要是有一億圓的話，我就買一間公寓房子。
ことにする 決定…；習慣…	うん、そうすることにしよう。 〔動詞辞書形＋ことにする〕 嗯，就這麼做吧。

MEMO

日本是一個地震頻繁的國家，應準備好緊急避難包，並且隨時檢查更新，至少每半年檢查 1 次。基本內容有緊急糧食（3 天份的水和乾糧）、禦寒衣物、藥物與清潔用品（急救藥品、面紙、濕紙巾等）、貴重物品（身分證、健保卡、存摺的影本）、手電筒、電池、打火機、瑞士刀等。

專欄

主題單字

電腦相關

メール【mail】	電子郵件；信息	キャンセル【cancel】	取消；廢除
メールアドレス【mail address】	電子郵件地址	ファイル【file】	文件夾；(電腦)檔案
アドレス【address】	住址；(電子信箱)地址	保存(ほぞん)	保存；儲存檔案
宛先(あてさき)	收件人姓名地址	返信(へんしん)	回信，回電
件名(けんめい)	項目名稱；郵件主旨	コンピューター【computer】	電腦
挿入(そうにゅう)	插入，裝入	スクリーン【screen】	螢幕
差出人(さしだしにん)	發信人，寄件人	パソコン【personal computer 之略】	個人電腦
添付(てんぷ)	添上；附加檔案	ワープロ【word processor 之略】	文字處理機
送信(そうしん)	發送郵件；播送		
転送(てんそう)	轉送，轉寄		

理由與決定

ため	為了；因為	必要(ひつよう)	需要
何故(なぜ)	為什麼	宜しい(よろしい)	好，可以
原因(げんいん)	原因	無理(むり)	勉強；不講理
理由(りゆう)	理由，原因	駄目(だめ)	不行；沒用
訳(わけ)	原因；意思	つもり	打算；當作
正しい(ただしい)	正確；端正	決まる(きまる)	決定；規定
合う(あう)	一致；合適	反対(はんたい)	相反；反對

文法比一比

■ てくださる vs. てくれる

てくださる／（為我）做…

説明 是「〜てくれる」的尊敬説法。表示他人為我方的人做前項有益的事，用在帶著感謝的心情接受別人的行為時，此時給予人的身份、地位、年齡要比接受人高。

例句 ① 部長、その資料を貸してくださいませんか。／部長，您方便借我那份資料嗎？

てくれる／（為我）做…

説明 表示他人為我，或為我方的人做前項有益的事，用在帶著感謝的心情，接受別人的行為。

例句 友達が私によい参考書を教えてくれました。／朋友告訴了我很有用的參考書。

◎ 是誰「為我做」？

「てくださる」表示身分、地位、年齡較高的對象為我（或我方）做某事；「てくれる」表示同輩、晚輩為我（或我方）做某事。

■ ておく vs. てある

ておく／先…，暫且…

説明 表示為將來做準備，也就是為了以後的某一目的，事先採取某種行為。口語説法是簡略為「とく」。

例句 ビールを冷やしておく。／先把啤酒冰起來。

てある／…著，已…了

説明 「動詞て形＋ある」表示抱著某個目的、有意圖地去執行，當動作結束之後，那一動作的結果還存在的狀態。

例句 ビールを冷やしてある。／已經冰了啤酒。

◎ 哪個是「事先」做，哪個「已經」做了？

「ておく」表示為了某目的，先做某動作；「てある」表示抱著某個目的做了某事，而且已完成動作的狀態持續到現在。

■（ら）れる（被動）vs.（さ）せる

（ら）れる（被動）／被…
[說明] 表示某人直接承受到別人的動作,「被…」的意思。
[例句] 道路にごみを捨てたところを、好きな人に見られた。／正在路上隨手丟垃圾的時候,被心儀的人看見了。

（さ）せる／讓…,叫…
[說明] 表示某人強迫他人做某事,由於具有強迫性,只適用於長輩對晚輩或同輩之間。
[例句] 勉強の役に立つテレビ番組を子どもに見せた。／讓小孩觀賞了有助於課業的電視節目。

◎ 是「被動」,還是「使役」？
「（ら）れる」表示「被動」,指某人承受他人施加的動作,「被…」的意思;「（さ）せる」是「使役」用法,指某人強迫他人做某事,「讓…」的意思。

■ば vs. なら

ば／如果…的話,假如…,如果…就…
[說明] 用在一般客觀事物的條件關係。如果前項成立,後項就一定會成立。
[例句] 早く医者に行けば良かったです。／如果早點去看醫生就好了。

なら／如果…的話,要是…的話
[說明] 表示接收了對方所說的事情、狀態、情況後,說話人提出了意見、勸告等,也可用於舉出一個事物列為話題,再進行說明。
[例句] 私があなたなら、きっとそうする。／假如我是你的話,一定會那樣做的。

◎ 「如果」有差別
「ば」前接用言假定形,表示前項成立,後項就會成立;「なら」前接動詞・形容詞終止形、形容動詞詞幹或名詞,指說話人接收了對方說的話後,假設前項要發生,提出意見等。另外,「なら」前接名詞時,也可表示針對某人事物進行說明。

第六回

問題四 翻譯與題解

第4大題 請閱讀下列（1）～（4）的文章，並回答問題。請從選項1、2、3、4中，選出一個最適當的答案。

（1）

小田さんの机の上に、このメモが置いてあります。

小田さん

P工業の本田部長さんより電話がありました。

3時にお会いする約束になっているので、いま、こちらに向かっているが、事故のために電車が止まっているので、着くのが少し遅れるということです。

中山

單字》
- 工業 工業
- 部長 部長
- 約束 約定，規定
- 事故 事故，意外
- 止まる 停止；止住；堵塞
- 遅れる 遲到；緩慢
- 伝える 傳達，轉告；傳導

26 中山さんは小田さんに、どんなことを伝えようとしていますか。

1 中山さんは、今日は来られないということ
2 本田さんは、事故でけがをしたということ
3 中山さんは、予定より早く着くということ
4 本田さんは、予定よりもおそく着くということ

>> 翻譯

小田先生的桌上放著這張便條。

小田先生

　　Ｐ工業的本田經理來電。
　　由於約好３點在這裡見面，他正在路上，但電車因事故停駛了，所以會晚一點到。

中山

[26] 中山先生想告訴小田先生什麼事？

1　中山先生今天不過來了
2　本田先生因為事故受傷了
3　中山先生會比預定的時間早到
4　本田先生會比預定的時間晚到

題解 日文解題／解題中譯

答案是 **4**

❻ 答えは4。「本田部長さんより電話」「着くのが少し遅れる」とある。「遅れる」は「遅く着く」と同じ。

正確答案是4。文中寫道「本田部長さんより電話」(本田經理來電)、「着くのが少し遅れる」(會晚一點到)。「遅れる」和「遅く着く」意思相同。

Grammar

お〜する、ご〜する 表動詞的謙讓形式	お手洗いをお借りしてもいいですか。 　　　　　　お+動詞ます形+する 可以借用一下洗手間嗎？
〜（よ）うとする 想要…，打算…	赤ん坊が歩こうとしている。 　　　　　動詞意向形+（よ）うとする 嬰兒正嘗試著走路。

使用法の比較

問題解決の秘訣

What are the differences?

(よ) うとする、てみる

「(よ) うとする」有時會出現在問題裡，詢問主角接下來要做什麼，相似的用法還有「てみる」。

(よ) うとする ①

てみる ②

● **(よ) うとする**

表示動作主體的意志、意圖，努力地去實行某動作的樣子，主語不受人稱的限制；也表示某動作還在嘗試但還沒達成的狀態，或某動作實現之前，而動作或狀態馬上就要開始。

● **てみる**

「みる」是由「見る」延伸而來的抽象用法，常用平假名書寫。表示嘗試著做前接的事項，是一種試探性的行為或動作，一般是肯定的說法。

Practice

練習 請翻譯下列句子：

① 她正想減重。（彼女は・ダイエット・を・する）

_____

② 工作上發生了麻煩事，找了高崎女士商量。（仕事で・困ったこと・起こる・相談する）

_____

參考解答
1. 彼女はダイエットをしようとしている。
2. 仕事で困ったことが起こり、高崎さんに相談してみた。

(2)

スーパーのエスカレーターの前に、次の注意が書いてあります。

エスカレーターに乗るときの注意

◆ 黄色い線の内側に立って乗ってください。
◆ エスカレーターの手すり*を持って乗ってください。
◆ 小さい子どもは、真ん中に乗せてください。
◆ ゴムの靴をはいている人は、とくに注意してください。
◆ 顔や手をエスカレーターの外に出して乗ると、たいへん危険です。決して、しないようにしてください。

---

*手すり：エスカレーターについている、手で持つところ

27 この注意から、エスカレーターについてわかることは何ですか。

1 黄色い線より内がわに立つと、あぶないということ
2 ゴムのくつをはいて乗ってはいけないということ
3 エスカレーターから顔を出すのは、あぶないということ
4 子どもを真ん中に乗せるのは、あぶないということ

單字》

》 エスカレーター【escalator】電扶梯，自動手扶梯
》 注意 注意，小心
》 線 線；線路；界線
》 内側 內側，裡面；內部
》 真ん中 正中間
》 履く 穿（鞋、襪）
》 危険 危險
》 決して（後接否定）絕對（不）

> 翻譯

超市的電扶梯前張貼以下的注意事項：

搭乘電扶梯時的注意事項：

◆ 請站在黃線裡面。
◆ 請緊握電扶梯的扶手*。
◆ 幼童請站在正中央。
◆ 穿膠鞋者請特別小心。
◆ 將頭或手伸出電扶梯外非常危險，請千萬不要這麼做。

*扶手：電扶梯旁可供握扶的部分。

[27] 從注意事項中可以知道什麼？

1 站在黃線裡面非常危險
2 穿膠鞋者不得搭乘
3 將頭伸出電扶梯外非常危險
4 幼童站在正中央非常危險

題解　日文解題／解題中譯　　　　答案是 **3**

答えは3。注意の最後の◆に、「顔や手をエスカレーターの外に出して乗ると、たいへん危険です」とある。「危険」と選択肢3の「危ない」は同じ。

《他の選択肢》
1 注意に「黄色い線の内側に立ってください」とある。

2 「ゴムの靴をはいている人は、…注意してください」とある。乗ってはいけないとは書いていない。

4 「真ん中に乗せてください」とある。

　　正確答案是3。文中最後的◆寫道「顔や手をエスカレーターの外に出して乗ると、たいへん危険です」(將頭或手伸出電扶梯外非常危險)。選項3的「危ない」(危險的)和「危険」(危險的)意思相同。

《其他選項》

1 注意事項提到「黄色い線の内側に立ってください」(請站在黃線裡面)。

2 「ゴムの靴をはいている人は、…注意してください」(穿膠鞋者請特別小心)，並沒有寫不能搭乘。

4 文中提到「真ん中に乗せてください」(請站在正中央)。

Grammar

～ようにする
（表指示、注意）使其…

人の悪口を言わないようにしましょう。
　　　　　　　　　　動詞否定形＋ようにする
努力做到不去說別人的壞話吧！

MEMO

日本除了大阪及部分地區外，大部分日本人在搭乘電扶梯時都是走在左邊，另外，走路也有靠左的習慣，汽車亦是靠左行駛，這是為什麼呢？

這跟武士道有關係。江戶時期由於武士通常將刀配在左邊腰上，再加上當時街道狹窄，如果武士靠右走，刀劍容易傷及無辜，相反地，靠左走劍就不會碰到彼此。就這樣，從走路到騎馬，再到各種交通工具，習慣就慢慢流傳下來了。

不過現今為了安全考量，對路上行人已改為「対面交通」原則，也就是規定行人應行走於看得見來車的那一側。而手扶梯也由於意外頻傳，近期日本埼玉縣已經開始宣導呼籲民眾不要在電扶梯上行走，只要站上電扶梯，就站穩踏階靜止不動，希望能減少意外發生。

(3)

これは、大学に行っているふみやくんにお母さんから届いたメールです。

ふみや

　千葉のおじさんから、家に電話がありました。おじいさんの具合が
悪くなったので、急に入院することになったそうです。
　おじさんはいま、病院にいます。
　千葉市の海岸病院の８階に、なるべく早く来てほしいということです。
　わたしもこれからすぐに病院に行きます。

母

28　ふみやくんは、どうすればよいですか。
1　すぐに、一人でおじさんの家に行きます。
2　おじさんに電話して、二人で病院に行きます。
3　すぐに、一人で海岸病院に行きます。
4　お母さんに電話して、いっしょに海岸病院に行きます。

單字》
》**具合**（健康等）狀況；方便，合適；方法
》**急に** 突然
》**入院** 住院
》**海岸** 海岸
》**なるべく** 盡量，盡可能
》**これから** 接下來，現在起
》**すぐに** 馬上

▶翻譯

這是媽媽傳給去大學上課的文哉的簡訊：

文哉

　　住在千葉的叔叔給家裡打了電話。爺爺身體不舒服，緊急住院了。
　　叔叔現在在醫院。
　　他希望我們快點趕到千葉市的海岸醫院8樓。
　　我現在就去醫院。

　　　　　　　　　　　　　　　　　　媽媽

---

[28] 文哉應該要怎麼做？

1　立刻一個人前往叔叔家。
2　打電話給叔叔，兩人一起去醫院。
3　立刻一個人前往海岸醫院。
4　打電話給媽媽，兩人一起去海岸醫院。

題解　日文解題／解題中譯　　　　答案是 ③

答えは3。「千葉市の海岸病院…に、なるべく早く来てほしいということです」とある。

「病院に来てほしい」といっているので、選択肢の1は×。おじさんは今、病院にいるので、選択肢2の「二人で、病院に行きます」は×。お母さんは「わたしもこれからすぐに病院に行きます」と言っているので、4の「いっしょに…行きます」も×。

正確答案是 3。文中寫道「千葉市の海岸病院…に、なるべく早く来てほしいということです」（他希望我們快點趕到千葉市的海岸醫院）。

　　文中有「病院に来てほしい」（希望來醫院），所以選項 1 錯誤。叔叔現在在醫院，因此選項 2「二人で、病院に行きます」（兩人一起去醫院）錯誤。又因為媽媽說「わたしもこれからすぐに病院に行きます」（我現在就去醫院），所以 4「いっしょに…行きます」（一起去）也是錯的。

Grammar

ことになる （被）決定…；也就是說…	6月に結婚することになりました。 〔動詞辭書形＋ことになる〕 已經決定將於 6 月結婚了。
ということだ 說是…，他說…	来月は物価がさらに上がるということだ。 〔簡體句＋ということだ〕 據說物價下個月會再往上漲。 来週から暑くなるということだから、扇風機を出しておこう。 〔簡體句＋ということだ〕 聽說下星期會變熱，那就先把電風扇拿出來吧。

看診翻譯

在日本看診時，如果需要中文翻譯，可以向學校或地方國際交流協會等團體詢問。他們會提供可以用中文就診的醫院。看病時，有健保的醫療費大約是 1500～2500 圓（不含藥費）。若沒有健保，大約是 5000～8500 圓。

● 說明症狀會用到的句子

❶ この辺がかゆいです。（這邊很癢。）

❷ だるいです。（全身無力。）

❸ 昨日からずっとおなかが痛いです。（從昨天開始肚子就一直很痛。）

❹ 昨日、吐きました。（我昨天吐了。）

順帶一提，在日本，綜合性大醫院通常有附設藥局可以拿藥，但是一般小醫院或小診所就沒有了。所以醫生會開一張處方箋，患者要拿著處方箋到附近的藥局去拿藥，並且另外支付藥費。

(4)

　はるかさんは、小さなコンビニでアルバイトをしています。レジでは、お金をいただいておつりをわたしたり、お客さんが買ったものをふくろに入れたりします。また、お店のそうじをしたり、品物を棚に並べることもあります。最初のうちは、レジのうちかたをまちがえたり、品物をどのようにふくろに入れたらよいかわからなかったりして、失敗したこともありました。しかし、最近は、いろいろな仕事にも慣れ、むずかしい仕事をさせられるようになってきました。

29 はるかさんの仕事ではないものはどれですか。

1. 銀行にお金を取りに行きます。
2. お客さんの買ったものをふくろに入れます。
3. 品物を売り場に並べます。
4. 客からお金をいただいたりおつりをわたしたりします。

單字

- **小さな** 小，小的；年齡幼小
- **アルバイト**【(德) arbeit 之略】打工，副業
- **レジ**【register 之略】收銀台
- **いただく** 領取；領受；吃，喝
- **おつり** 找零
- **品物** 貨品；物品，東西
- **間違える** 錯；弄錯
- **失敗** 失敗
- **最近** 最近
- **売り場** 賣場，出售處；出售好時機

翻譯

　遙小姐在一家小型的便利商店打工。她在收銀台負責收錢和找錢，並將客人購買的商品裝進袋子。另外，她還要清掃店鋪，以及將商品上架。起初，她有時工作不順，例如收據輸入錯誤，或是不知道該怎麼將商品妥善裝袋，但最近已經習慣各項工作，已經可以順利完成具有難度的工作了。

[29] 遙小姐的工作<u>不包括</u>下列哪一項？

1　去銀行領錢。
2　將客人購買的商品裝袋。
3　將商品上架於賣場中。
4　向客人收錢並找錢。

題解　日文解題／解題中譯

答案是 **1**

答えは１。本文に「銀行に行く」という言葉はない。
《他の選択肢》
2　「お客さんが買ったものをふくろに入れたり」とある。
3　「品物を棚に並べたり」とある。
4　「お金をいただいておつりをわたしたり」とある。

正確答案是１。文中沒有寫「銀行に行く」(去銀行)。
《其他選項》
2　文中提到「お客さんが買ったものをふくろに入れたり」(將客人購買的商品裝袋)。
3　文中提到「品物を棚に並べたり」(將商品上架)。
4　文中提到「お金をいただいておつりをわたしたり」(收錢和找錢)。

Grammar

（さ）せられる
被派做…

若い二人は、両親に別れさせられた。
〔動詞使役形＋（さ）せられる〕
兩位年輕人被父母強迫分開。

〜ようになる
變得…了

練習して、この曲はだいたい弾けるようになった。
〔動詞可能形＋ようになる〕
練習後，這首曲子大致會彈了。

日本打工

如果想學習日本人的做事方法、習慣和規則,打工是很好的體驗機會!留學生資格外工作時間一周是 28 小時以內,暑假等長假是一天 8 小時以內。規定不可以在風化業相關地方工作。另外,為了減少與雇主之間的糾紛,盡量請雇主將面試時提出的條件書面化。

● 面試的常見問題

❶ まずは自己紹介してください。(請先自我介紹一下。)
❷ 当社に応募をした理由は何ですか。(到本公司應徵的理由是什麼呢?)
❸ あなたの長所は何ですか。(你有什麼優點?)
❹ いつから働けますか。(什麼時候可以開始工作呢?)

日本人對於守時的觀念比台灣更加嚴格,不能遲到是理所當然的之外,雖然沒有明文規定,但不少人都會提前 5 到 15 分鐘到工作地點做準備。萬一快遲到了,務必提前以訊息告知主管並說明原由,否則可能會給工作夥伴留下不良的印象。

第六回

問題五 翻譯與題解

第5大題　請閱讀下列文章，並回答問題。請從選項1、2、3、4中，選出一個最適當的答案。

　　僕は①字を読むことが趣味です。朝は、食事をしたあと、紅茶を飲みながら新聞を読みますし、夜もベッドの中で本や雑誌を読むのが習慣です。中でも、僕が一番好きなのは小説を読むことです。

　　最近、②おもしろい小説を読みました。貿易会社に勤めている男の人が、自分の家を出て会社に向かうときのことを書いた話です。その人は、僕と同じ、普通の市民です。しかし、その人が会社に向かうまでの間に、いろいろなことが起こります。動物園までの道を聞かれて案内したり、落ちていた指輪を拾って交番に届けたり、男の子と会って遊んだりします。そんなことをしているうちに、夕方になってしまいました。そこで、その人はとうとう会社に行かずに、そのまま家に帰ってきてしまうというお話です。

　　僕は「③こんな生活も楽しいだろうな」と思い、妻にこの小説のことを話しました。すると、彼女は「そうね。でも、④小説はやはり小説よ。ほんとうにそんなことをしたら会社を辞めさせられてしまうわ。」と言いました。僕は、なるほど、そうかもしれない、と思いました。

單字》

》**字** 字，文字
》**趣味** 嗜好；趣味
》**食事** 用餐，吃飯；餐點
》**習慣** 習慣
》**小説** 小說
》**貿易** 國際貿易
》**時** …時，時候
》**普通** 普通，平凡；普通車
》**市民** 市民，公民
》**間** 期間；間隔，距離；中間；關係；空隙
》**起こす** 發生；引起；扶起；叫醒；翻起
》**動物園** 動物園
》**案内** 帶路，陪同遊覽；引導；傳達
》**落ちる** 落下；掉落；降低，下降；落選
》**指輪** 戒指

翻譯

　　我的興趣是①閱讀文字。早上吃完早餐之後，我會喝著紅茶看報紙，晚上也習慣在床上看書或雜誌。我尤其喜歡閱讀小說。

　　最近讀了一本②有趣的小說。內容寫的是一個在貿易公司上班的男人，從踏出家門到公司的途中發生的故事。書中的主角和我一樣是個平凡的人，卻在前往公司的路上發生了種種插曲。他被問了該怎麼去動物園於是帶路、撿到掉在路上的戒指並送去派出所、還遇到小男孩便陪他一起玩。就這樣，他忙東忙西，不知不覺已經傍晚了。那個人終究沒能抵達公司，直接回家了。

　　我心想：「③這樣的生活也很有意思呢！」並把這部小說的故事講給妻子聽。妻子聽完以後對我說：「的確有意思，但是，④小說畢竟只是小說，假如真的做了那種事，一定會被公司解僱吧。」我想，有道理，恐怕真會淪落那種下場。

» 拾う 撿拾；挑出；接；叫車
» まま …就…；如實，照舊；隨意
» 僕 我（男性用）
» 生活 生活
» 妻 (對外稱自己的)妻子，太太
» すると 結果，這樣一來；於是
» 彼女 她；女朋友
» やはり 依然，仍然
» そう 那樣，這樣，是
» 辞める 離職；取消；停止
» なるほど 的確，果然；原來如此
» 漫画 漫畫

もんだい

30 ①字を読むことの中で、「僕」が一番好きなのはどんなことですか。
1　新聞を読むこと　　2　まんがを読むこと
3　雑誌を読むこと　　4　小説を読むこと

>> 翻譯

[30] ①閱讀文字中,「我」最喜歡什麼?
1　閱讀報紙　　2　閱讀漫畫
3　閱讀雜誌　　4　閱讀小說

題解　日文解題／解題中譯　　答案是 **4**

答えは4。「僕が一番好きなのは小説を読むことです」とある。「中でも」は、いくつか例をあげた後で、「その中でも」とひとつを選ぶときの言い方。

正確答案是4。文中寫道「僕が一番好きなのは小説を読むことです」(我尤其喜歡閱讀小說)。「中でも」(其中特別是…) 是舉了幾個例子之後,「その中でも」(其中特別是…) 從中擇一的說法。

もんだい

31 ②おもしろい小説は、どんな時のことを書いた小説ですか。
1　男の人が、自分の家を出て会社に向かう間のこと
2　男の人が、ある人を動物園に案内するまでのこと
3　男の人が、出会った男の子と遊んだ時のこと
4　男の人が会社で働いている時のこと

> **翻譯**

[31] ②有趣的小說寫的是什麼時候的事？
1　男人從踏出家門到公司的途中發生的事
2　男人帶某人前往動物園途中的事
3　男人遇到小男孩陪他一起玩時的事
4　男人在公司工作時的事

題解　日文解題／解題中譯　　　答案是 ❶

答えは1。「貿易会社に勤めている男の人が…会社に向かうときのことを書いた話です」とある。この文の主語は「そのおもしろい小説は」。

《他の選択肢》
2と3は、男の人が会社に向かうまでの間に起こったこと。
4 男の人は会社に行かなかったので×。

> 正確答案是1。「貿易会社に勤めている男の人が…会社に向かうときのことを書いた話です」(內容寫的是一個在貿易公司上班的男人，從踏出家門到公司的途中發生的故事)，這句話的主詞是「そのおもしろい小説は」(這本有趣的小說)。
>
> 《其他選項》
> 2和3是男人前往公司途中所發生的某件事。
> 4 男人並沒有去公司，所以錯誤。

もんだい

32 ③こんな生活とは、どんな生活ですか。
1 会社で遊んでいられる生活
2 一日中外で遊んでいられる生活
3 時間や決まりを守らないでいい生活
4 夕方早く、会社から家に帰れる生活

▶翻譯

[32]③這樣的生活是怎麼樣的生活？
1 還能在公司玩樂的生活
2 一整天都在外面玩的生活
3 可以不遵守時間和規定的生活
4 傍晚早早地從公司回家的生活

題解 日文解題／解題中譯

答案是 ③

答えは3。男の人は、いろいろなことをしているうちに夕方になってしまい、会社に行かずに家に帰ってきてしまう。会社に行く時間や、会社に行くという決まりを守っていない。

《他の選択肢》
1 男の人は会社に行っていないので、「会社で」は×。次の2の理由から「遊んでいられる」も×。
2 男の人は、道を案内したり、指輪を交番に届けたりしている。「一日中遊んで」いたわけではない。
4 男の人は会社に行っていないので「会社から家に」は×。「夕方早く」とも書いていない。

正確答案是 3。男人忙東忙西，不知不覺已經傍晚了。他終究沒能抵達公司，直接回家了。他沒有遵守上班時間，也沒有遵守要上班的規定。

《其他選項》
1 因為男人沒有去上班，所以不是「会社で」(在公司)。後面的「遊んでいられる」(還能玩) 也是錯的。
2 男人還做了帶路、把戒指送去派出所等事，並不是一整天都在玩。
4 因為男人沒有去公司，所以「会社から家に」(從公司回家) 是錯的。也沒有提到「夕方早く」(傍晚早早地)。

もんだい

33 ④小説はやはり小説とは、どのようなことですか。

1 まんがのようにたのしいということ
2 小説の中でしかできないということ
3 小説の中ではできないということ
4 小説は読む方がよいということ

翻譯

[33] ④小說畢竟只是小說是什麼意思？
　1 意思是像漫畫一樣快樂
　2 意思是只能在小說中實現
　3 意思是在小說中無法實現
　4 意思是閱讀小說是有益的

題解 日文解題／解題中譯　　　　　　　　　答案是 ❷

答えは 2。続けて「ほんとうにそんなことをしたら…」とある。小説の中と本当の世界とは違うと言っている。男の人のしたことは、小説の中だけのこと、本当の世界ではできないこと、という意味。

正確答案是 2。下一句話寫了「ほんとうにそんなことをしたら…」(假如真的做了那種事…)。意思是小說和現實世界不同，男人做的事只可能在小說中出現，在現實世界是行不通的。

Grammar

〜し 既…又…，不僅…而且…	この町は、工業も盛んだし商業も盛んだ。 〜動詞普通形+し 這城鎮不僅工業很興盛，就連商業也很繁榮。	
〜ず（に） 不…地，沒…地	今年は台風が一度も来ずに秋が来た。おかしい。 〜動詞否定形（去ない）+ず（に） 今年（夏天）連一場颱風也沒有，結果直到秋天才來，好詭異。	
〜だろう …吧	試合はきっと面白いだろう。 〜形容詞普通形+だろう 比賽一定很有趣吧！	
（さ）せられる 被迫…，不得已…	何も悪いことをしていないのに、会社を辞めさせられた。 〜動詞使役形+（さ）せられる 分明沒有犯下任何錯誤，卻被逼迫向公司辭職了。	

第六回

問題六 翻譯與題解

第6大題　請閱讀右頁的「蜜瓜卡的購買方法」,並回答下列問題。請從選項1、2、3、4中,選出一個最適當的答案。

Melonカードの買い方

1. 「Melonカード」は、さきにお金をはらって(チャージして)おくと、毎回、電車のきっぷを買う必要がないという、便利なカードです。
2. 改札*を入るときと出るとき、かいさつ機にさわる(タッチする)だけで、きっぷを買わなくても、電車に乗ることができます。
3. 「Melonカード」は、駅にある機械か、駅の窓口*で、買うことができます。
4. はじめて機械で「Melonカード」を買うには、次のようにします。

① 「Melonを買う」をえらぶ。 ⇒ ② 「新しく『Melonカード』を買う」をえらぶ。

Melonを買う	チャージ
きっぷを買う	定期券を買う

「My Melon」を買う
チャージ
新しく「Melonカード」を買う

③ 何円分買うかをえらぶ。 ⇒ ④ お金を入れる。

1,000円	2,000円
3,000円	5,000円

⑤ 「Melonカード」が出てくる。

＊改札：電車の乗り場に入ったり出たりするときに切符を調べるところ

＊窓口：駅や銀行などの、客の用を聞くところ

單字

- **方**　…方法
- **はらう**　付錢；除去；處理；驅趕;揮去
- **必要**　需要
- **さわる**　碰觸,觸摸；接觸；觸怒,觸犯
- **機械**　機械
- **始める**　開始；開創；發(老毛病)
- **選ぶ**　選擇
- **財布**　錢包
- **場合**　時候；狀況；情形
- **最初**　最初,首先

>> 翻譯

蜜瓜卡的購買方法

1. 「蜜瓜卡」是一張很便利的票卡,只要預先付款(儲值),搭乘電車時就不必每次購票。
2. 進出驗票閘門* 時,只需讓驗票機感應(觸碰)票卡即可,無須另購車票即可搭乘電車。
3. 「蜜瓜卡」可在站內的售票機或詢問處* 購買。
4. 第一次使用售票機購買「蜜瓜卡」時,請按照以下步驟操作:

① 選擇「購買蜜瓜卡」。 ⇒ ② 選擇「購買新的『蜜瓜卡』」

購買蜜瓜卡	儲值
儲值	購買定期車票

購買「我的蜜瓜卡」
儲值
購買新的「蜜瓜卡」

③ 選擇購買多少圓的票卡 ⇒ ④ 投入金錢。

1000 圓	2000 圓
3000 圓	5000 圓

⑤ 售票機吐出「蜜瓜卡」。

＊驗票閘門:進出電車車站時查驗車票的地方。
＊詢問處:車站或銀行等,接受顧客詢問的地方。

もんだい

34 「Melon カード」は、どんなカードですか。
1 銀行で、お金をおろすときに使うカード
2 さいふをあけなくても、買い物ができるカード
3 タッチするだけで、どこのバスにでも乗れるカード
4 毎回、きっぷを買わなくても電車に乗れるカード

>> 翻譯

[34]「蜜瓜卡」是什麼樣的卡？
1 在銀行提款時用的卡
2 即使不打開錢包，也能買東西的卡
3 只要感應就可以搭乘任何巴士的卡
4 無須每次購票即可搭乘電車的卡

題解 日文解題／解題中譯　　　　　　　　　　　答案是 **4**

答えは4。「Melon カードの買い方」の1に、「毎回、電車のきっぷを買う必要がない、便利なカードです」とある。

正確答案是4。在「蜜瓜卡的購買方法」表中的1說明，「毎回、電車のきっぷを買う必要がない、便利なカードです」(是一張很便利的票卡，搭乘電車時不必每次購票)。

もんだい

35 ヤンさんのお母さんが、日本に遊びにきました。町を見物するために 1,000 円の「Melon カード」を買おうと思います。駅にある機械で買う場合、最初にどうしますか。
1 機械にお金を 1,000 円入れる。
2 「きっぷを買う」をえらぶ。

234

3 「Melon を買う」をえらぶ。

4 「チャージ」をえらぶ。

▶▶翻譯

[35] 楊小姐的母親到日本來玩，她想買 1000 圓的蜜瓜卡在鎮上觀光。若要在車站的售票機購買，首先應該怎麼做？

1 將 1000 圓投入售票機。　　2 選擇「購買車票」。
3 選擇「購買蜜瓜卡」。　　　4 選擇「儲值」。

題解　日文解題／解題中譯　　　　　　　　　　　答案是 ❸

答えは 3 。「Melon カードの買い方」の 4 の①〜⑤に、はじめて機械でカードを買う方法が説明されている。最初にするのは、①の「『Melon を買う』を選ぶ」こと。

> 正確答案是 3 。在「Melon カードの買い方」表中 4 的①〜⑤說明了用機器買卡片的方法。最初要做的是①「『Melon を買う』を選ぶ」(選擇「購買蜜瓜卡」)。

Grammar

〜ておく …著；先…，暫且…	お客さんが来るから、掃除をしておこう。 　　　　　　　　　　　　　　　　　動詞て形＋おく 有客人要來，所以先打掃吧。
〜という 叫做…；針對事件內容加以描述說明	アメリカで大きな地震があったというニュースを見た。 　　　　　　　　　　　　普通形＋という 看到美國發生了大地震的新聞。
と思う 我想…，覺得…，認為…，我記得…	自分だけは交通事故を起こしたりしないと思っていた。 　　　　　　　　　　　動詞普通形＋とおもう 我原本以為自己無論如何都不可能遇上交通事故。

235

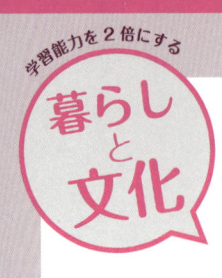

Lifestyle in Japan

暮らしと文化 — 学習能力を2倍にする

日本搭車儲值卡

到日本搭車，建議購買 SUICA 等 IC 儲值卡，所有近距離的車站、地下鐵、公車與部分計程車都可以使用，還可以當作儲值卡在部分商店消費呢！一卡在手，通過檢票口時只需感應一下，就能暢行無阻了！

● 搭車會用到的句子

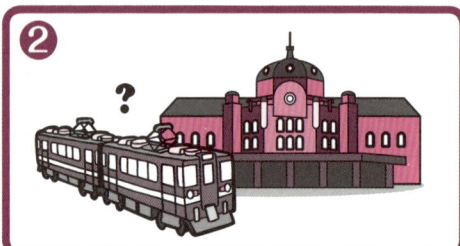

❶ バス停はどこですか。（公車站在哪裡呢？）

❷ この電車は東京駅へ行きますか。（這班電車開往東京車站嗎？）

❸ SUICA 使えますか。（可以用悠遊卡嗎？）

❹ どこで乗り換えますか。（要在哪裡換車呢？）

日本的悠遊卡種類繁多，當中最普遍的就屬適用於關東地區的 SUICA 了，發音取自流暢的「スイスイ」，後面再加上英文 card 的日式發音，連在一起就成了日文的西瓜了，因此又俗稱西瓜卡。而同樣廣為使用的還有關西地區才能購買的 ICOCA，與日文「行こうか」走吧同音，從關西機場入境還能購買限定圖案和優惠套票，可說是既實用又兼具紀念價值呢！

專欄

主題單字

場所、空間與範圍

うら 裏	裡面；內部	て まえ 手前	眼前；靠近自己這一邊
おもて 表	表面；外面	て もと 手元	身邊，手頭
い がい 以外	除外，以外	こっち 此方	這裡，這邊
うち 内	…之內；…之中	どっち 何方	哪一個
ま なか 真ん中	正中間	とお 遠く	遠處；很遠
まわ 周り	周圍，周邊	ほう 方	…方，邊
あいだ 間	期間；中間	あ 空く	空著；空隙
すみ 隅	角落		

老幼與家人

そ ふ 祖父	祖父，外祖父	あか 赤ちゃん	嬰兒
そ ぼ 祖母	祖母，外祖母	あか ぼう 赤ん坊	嬰兒；不諳世事的人
おや 親	父母；祖先	そだ 育てる	撫育；培養
おっと 夫	丈夫	こ そだ 子育て	養育小孩，育兒
しゅじん 主人	老公；主人	に 似る	相像，類似
つま 妻	妻子，太太	ぼく 僕	我
か ない 家内	妻子		
こ 子	孩子		

文法比一比

■ ず（に）vs. まま

ず（に）／不…地，沒…地
説明　表示以否定的狀態或方式來做後項的動作，或產生後項的結果，語氣較生硬。
例句　会社に行かずに、毎日遊んで暮らしたい。／我希望過著不必去公司，天天吃喝玩樂的生活。

まま／…著
説明　表示附帶狀況，指一個動作或作用的結果，在這個狀態還持續時，進行了後項的動作，或發生後項的事態。
例句　玄関の鍵をかけないまま出かけてしまった。／沒有鎖上玄關的門鎖就出去了。

> ◎ 到底是在什麼「狀態下」做某事？
> 「ず（に）」表示沒做前項動作的狀態下，做某事；「まま」表示維持前項的狀態下，做某事。

■ し vs. から

し／既…又…，不僅…而且…
説明　用在並列陳述性質相同的事物，或説話人認為兩事物有相關連。也用於暗示還有其他理由，是表示因果關係較委婉的説法。
例句　勉強好きじゃないし、大学には行かない。／我又不喜歡讀書什麼的，所以不去上大學。

から／因為…
説明　表示原因、理由。一般用於説話人出於個人主觀理由，進行請求、命令、希望、主張及推測，是種較強烈的意志性表達。
例句　勉強好きじゃないから、大学には行かない。／我不喜歡讀書，所以不去上大學。

> ◎「理由」有幾種？
> 「し」跟「から」都可表示理由，但「し」暗示還有其他理由，「から」則表示説話人的主觀理由，前後句的因果關係較明顯。

■ と思う vs. と思っている

と思う／覺得…，認為…，我想…，我記得…
說明 表示說話人有某個想法、感受或意見。「と思う」只能用在第一人稱。前面接名詞或形容動詞時，要加上「だ」。
例句 今日は傘を持っていったほうがいいと思うよ。／我想今天還是帶傘出門比較好喔。

と思っている
說明 表示某人「一直」抱持著某個想法、感受或意見。
例句 お母さんは、私が嘘をついたと思っている。／媽媽認為我撒了謊。

◎「想法」哪裡不同？
「と思う」表示說話人當時的想法、意見等；「と思っている」表示想法從之前就有了，一直持續到現在。另外，「と思っている」的主語沒有限制一定是說話人。

■（さ）せる vs.（さ）せられる

（さ）せる／讓…，叫…
說明 表示某人強迫他人做某事，由於具有強迫性，另外也表示某人用言行促使他人自然地做某種行為，常搭配「泣く、笑う、怒る」等當事人難以控制的情緒動詞。
例句 聞いたよ。ほかの女と旅行して奥さんを泣かせたそうだね。／我聽說囉！你帶別的女人去旅行，把太太給哭了喔。

（さ）せられる／被迫…，不得已…
說明 表示被迫。被某人或某事物強迫做某動作，且不得不做。含有不情願、感到受害的心情。
例句 親に家事の手伝いをさせられた。／被父母要求幫忙了家事。

◎ 是「使役」，還是「使役被動」？
「（さ）せる」是「使役」用法，指某人強迫他人做某事，「讓…」的意思；「（さ）せられる」是「使役被動」用法，表示被某人強迫做某事，「被迫…」的意思。

山田社日檢書 新版
絕對合格 一掃就懂文意！
練音感＋雙語三步解題
必背必出 閱讀
聽 說 讀 寫 大滿貫
N4
新制日檢

日檢滿分神技 17

（25K+QR code線上音檔）

發行人	林德勝
著者	吉松由美・田中陽子・西村惠子・林勝田・ 山田社日檢題庫小組
出版發行	山田社文化事業有限公司 地址　臺北市大安區安和路一段112巷17號7樓 電話　02-2755-7622　02-2755-7628 傳真　02-2700-1887
郵政劃撥	19867160號　大原文化事業有限公司
日語學習網	https://www.stsdaybooks.com
總經銷	聯合發行股份有限公司 地址　新北市新店區寶橋路235巷6弄6號2樓 電話　02-2917-8022 傳真　02-2915-6275
印刷	鴻友印前數位整合股份有限公司
法律顧問	林長振法律事務所　林長振律師
定價	新台幣399元
初版	2025年 10月

© ISBN：978-986-246-915-6
2025, Shan Tian She Culture Co., Ltd.

著作權所有・翻印必究
如有破損或缺頁，請寄回本公司更換

日語學習網站